每一次见面，
都是久别重逢。
祈愿与您的相识，
能够利益到您。

寄语:

　　每个人都想要获得平安,但是"平安"不是无缘无故来的,冥冥之中要有非常多的保护力量,才能保护我们平安。

　　那这个保护力量是什么呢? 答案是: 阴德。一个有阴德的人,总能在遇到逆境的关键时刻,化险为夷。

　　这就是阴德在发挥着重要作用,关键时刻跳出来,成为你的金钟罩铁布衫。

　　行善不为人知,即为阴德。无形的阴德将支撑着有形的存在。让别人有所得,才是修我们自己的德。愿所有人都能在身处逆境的关键时刻: 有惊无险,虚惊一场,化险为夷!

小焓肺腑之言

2024.1.13

所有发生
皆为你而来

Everything happens for you

知名文化博主

小烩 —— 著

所见唯自心　外境不可得

△ 团结出版社

图书在版编目（CIP）数据

所有发生 皆为你而来 / 小焓著 . -- 北京 : 团结
出版社 , 2024.5

ISBN 978-7-5234-0934-3

Ⅰ. ①所… Ⅱ. ①小… Ⅲ. ①散文集—中国—当代

Ⅳ. ① I267

中国国家版本馆 CIP 数据核字 (2024) 第 073550 号

出版: 团结出版社
　（北京市东城区东皇城根南街 84 号 邮编: 100006）
电话:（010）65228880　65244790　（传真）
网址: www.tjpress.com
Email: 65244790@163.com
经销: 全国新华书店
印刷: 北京天宇万达印刷有限公司

开本: 145×210　1/32
印张: 9
字数: 116 千字
版次: 2024 年 5 月 第 1 版
印次: 2025 年 5 月 第 5 次印刷

书号: 978-7-5234-0934-3
定价: 68.00 元

推荐序一

小焓仁者，于人生困惑之际，得遇善知识指引，而修习圣贤文化，诚敬笃行，获益良多，进而发广大心，于今日之自媒体，弘扬圣贤文化，俾令见者闻者，咸得利益，其行令人赞叹。其心至诚无妄，故而感人至深，影响至广。睹其新作，皆有感而发，非虚浮之论，其文简要，其理切近，尤契今日众生之机，实乃今日青年学习圣贤文化入门之要阶，愿识者宝之。

——出版人、香港古籍书局社长

《群书治要续编》主编　萧祥剑

推荐序二

两年前，一个朋友向我推荐了小红书上一位博主的视频。内容是一个美丽的女子在推广传统文化，并且她还特别推荐了我写的书。

我仔细看了朋友推荐的视频，不禁被深深震撼。这位清新脱俗的女子对传统文化的精粹竟然如此通达，惊喜之余，我毫不犹豫地联系上了这位博主——小焓。

经过多次深入的交流，我深刻感受到了小焓那颗为往圣继绝学的心，因此我向小焓介绍了我的朋友圈，和更多的志同道合的朋友们一起继续成长。

市面上太多太多身心灵方面的资讯，但其中有相当一部分却鱼龙混杂，良莠不齐，让人无从分辨。其中隐形危害最大的，莫过于那些套用圣人教言，却掺杂许多自己的似是而非观点的视频、文章和书籍，这是非常容易把人引入歧途的。

然而，小焓传播的知识却截然不同。它们全部都来自于清净的传承，并结合了她个人的实践经验。她并没有发明一些标新立异、引人眼球的观点，这点尤为难能可贵！

更让我感动的是小焓对粉丝的那颗真诚付出的心。我们和小焓一起创立了一个品牌，来推广与传统文化相关的产品。在这个过程中，我才深刻体会到小焓对产品质量是多么地"挑剔"，而对粉丝的呵护，更是远远超出了我的预料。

有一次，我们的一个产品寄到粉丝手中后，有几个粉丝留言："产品倒是不错，只是包装有点挤压了，不太美观。"小焓得知后，立刻通知客服给客户包邮补发一套全新的产品，并特别强调一定要注意包装好。同时，客户手上的那套货并不用退回。当时我都有点诧异了，偷偷地问小焓："要是退的人多了，我们受得了吗？"小焓坚定地说："那不管了，一定要服务好客户。"我一直自诩学习传统文化的时间比小焓要长，应该比她学得好一些。但这一对比，我相当汗颜。更让我惊喜的是，小焓的粉丝们并不接受我们补寄的产品，反而给予我们鼓励和祝福。这是一波双向奔赴的真诚和善良，应该是电商平台上罕见的吧。

从这次经历中，我深刻领悟到：有什么样的博主，就能带出什么样的粉丝。小焓给我上了生动的一课。

现在，小焓的视频整理成书出版了，我欣慰莫名，正所谓："一时劝人以口，百世劝人以书。"希望更多的小伙伴们能够从小焓的书中获益，迎来自己幸福圆满的人生。同时，我也更祝愿小焓，在传统文化的路上继续深入地走下去，造福更多的人们。

衷心祈愿：天下不再有战争、饥荒、贫穷、疾病、痛苦和灾难，愿所有的人们都健康、平安、幸福、吉祥！

——《小女生职场修行记》作者　水青

推荐序三

认识小焓是在小红书上很偶然的时候刷到了她的视频，而那时也恰逢《风吹半夏》即将开播。当时看小焓的视频太惊讶了，怎么可能有一个人活得那么通透，又怎么能把那么深奥的圣贤文化讲得如此通俗易懂，而且还是具有实操性质的。于是我开始关注她所有的直播、所有的视频，买她推荐的书。虽然我一直喜欢看纸质书，但这么多年来似乎忘记了初衷，直到最近又被小焓重新唤醒。

生而为人，我们都会遭遇不幸。我希望大家不要等事情发生了再去寻找方法和对策，而是要从现在就开始学习，去了解如何对治那些不幸。

我一直以为一个人的力量和影响力是有限的，但直到我认识了小焓，我改变了这个看法。我甚至觉得她这一辈子是有使命的，就是为了来传播圣贤文化的，因此我特别感谢小焓。

当你困惑迷茫的时候，当你遭遇人生低谷的时候，一定有人可以陪伴你、给你指路，这个人就是小焓。

——《风吹半夏》总制片人　蔡莉

目录

焰言焰语

生如逆旅　高维方可远航

生活处处是修行

德者本，财者末

心安即是归处

家人闲坐，灯火可亲

小焰精选·百问百答

烩言烩语

祈愿不论我多么无知，
总是能朝着正确方向前行。

积福！转运！改命！最快的方法：

是传播圣贤文化，

在根源上救人慧命，

所有因你的传播而去践行的人，

所产生的福德都会回流给你，

这才是躺赚"福报"。

真正顶级思维！
传授于你

分享一种顶级思维，你若能琢磨透并在自己的生活中加以运用，会有顿悟之感。

古时候，有一位精通术数的人，有一天他的马跑到胡人那边去了，大家都来安慰他，他却说道："为什么就知道这不是福运呢？"过了一段时间，他的马带着胡人的骏马回来了，大家又来祝贺他，他又说道："为什么就知道这不是祸端呢？"果然有一天，他的儿子骑着骏马摔断了双腿，然后大家又过来安慰他，他还是没有伤心，又说道："这说不定是福运。"果然，后来胡人大举入侵边塞，国家强制征兵，村里健康的年轻男子死了十之八九，唯有他的儿子因为腿断了的缘故，得以保全性命。

顶级思维的雏形已经出来了：祸福相依，任何事物都有两面性。福兮祸之所伏，祸兮福之所倚。任何一件事情，福与祸同时存在，相互依存，互相转化。所以任何看似坏的事情，也可能引发好的结果，而好事也可能引发坏的结果，其变化不可思议，难以捉摸。

落实到生活，对待任何人事物，要把"是"跟"非"，合起来想，不要分开来看；把"好"跟"坏"，合起来想，不要分开来看；把"善"跟"恶"合起来想，不要分开来看。想到"一定"马上想到"不一定"，想到"不一定"马上想到"一定"，不公平才是真的公平，公平就是不公平。转心转念忽登顶，一划开天空空空。

一旦你拥有了这种高难度的思维，就会有更强大的能量来应对你后续人生中可能会出现的一切风雨。接下来即使发生再抓马狗血的事情，你都可以迅速觉知到：同样也有好的一面同时在发生。具体好的一面是什么，也许你无法洞悉，但其实没关系，因为知道或不知道并不重要，它必然存在，这是三维空间的客观规律：阴阳一体。不以人的意志为转移。

即使在最痛苦的时候，依然会有光明的存在。当祸来的时候，福就埋在中间；当福来的时候，祸就在里藏着。

总有一天你会发现，回过头来看，自己过去经历的一切，都是最佳利益。

人生哪能多如意，万事只求半称心。

我苦出来的秘密

有些人看着我现在表面蛮光鲜的，"哎呀，你是个博主啦。"但实际上，我这几年的真实人生景象，犹如一个垃圾场。因为过得好的人基本不会来找我，来找我的都是负能量，反而我做了这个"博主"之后，加倍体验到了各种人间疾苦。

这又回答了另外一个问题："为什么你的每一篇视频都是爆文？"因为全部都是真人真事以及我自己的亲身体验。传播知识的人，只有亲身体验过并分享出来的内容，才是最有灵魂的，才会让更多人产生共鸣。总的来说，都是"苦"出来的。

我"苦"出来一个天大的秘密：很多人所谓的"苦不堪言"，其实是自己的思维带给自己的，而不是事件本身。事件本身带来的"苦"是有限的，而你老是思虑，大事小事在那来回地想，正是这些"想来想去"带来的"苦"才是无限的。可以总结为：事件本身带来的"苦"是有限的，而思维带来的"苦"是无限的。

这时候会出现质疑："那么多事情，不需要反复地去想吗？"

首先从宏观来看，你的命运剧本早已存在，你只是顺着原定轨迹往前走罢了，跟你想与不想关系不大。而你反复地想来想去，这实则是凡夫天大的误区，也是烦恼真正的来源。世上本无事，庸人自扰之。

运用到生活里，不管你现在遇到了什么卡点，都不要去反复思维、想来想去，而是该干嘛干嘛，正常吃饭正常睡觉正常工作，把"想来想去"这个步骤彻底去掉。你会惊讶地发现，你没有什么烦恼。

这时候又会有质疑："那总要有个结果吧？"

其实最好的结果不是你能想出来的，而是"静出来"的。着急即是业力，一旦忘失觉知，被情绪调动，劫数就会随之而来。而若能沉住气真正静下来，就能生大智慧，这即是"静定慧"。当智慧的光芒发出时，你就会拥有无穷无尽的能量，这即是"事缓则圆"。故：万般劫难，静可"保命"。

因你招待了天下人，天下人亦招待你。

那如何"静"呢？首先我们不要把情绪当成是一个敌人。很多人都希望能够把所有的情绪都去掉，这其实是不可能的事情。情绪或者念头的产生都是自然的，这是每个生命的一种本能，一定会有这样的现象发生。而最好的方法是：妄念若起（不怕念起），知而勿随（就怕觉迟）。

当负面念头产生的时候，如果你指责批判它，那就像是给负面念头充电；而如果你什么都不做，只是看着它，就会让这些念头的电量自动消耗掉。这样做的话，那些负面情绪、念头就不会对我们产生很大的危害。

当你真的静过之后，你会神奇地发现，答案真的出来了，或者也没有什么问题了……而且从更高维来看，你想要的一切答案，都会按照你的命运剧本，在本该出现的节点自动显现。所以你根本不需要反复地思维，想来想去，这只会给负面念头充电，增加精神内耗。从现在开始，深呼吸，把心松开，让心静下来。

人生是来体验的，不是来演绎完美的。

这个房间，是我最开始传播圣贤文化的地方。不忘初心，方得始终。

谁的福报大，谁的能量就大

这几年我也在研究苦难，我发现苦难的杀伤力到底有多大不取决于苦难本身，而取决于是谁在承受。同样一份痛苦，于高僧大德而言可能如微风拂过般，可是于你而言，就痛不欲生。这足以论证，苦难本身是空性的，它本不垢不净不增不减，而你之所以痛不欲生，是因为你的内心不够强大。

再比如，把一把盐倒进一瓶矿泉水里，你喝一口就会觉得很咸，但把这同样一把盐倒进大河里，舀起一瓢水你再喝，你就觉得没啥味道。其实痛苦就相当于这把盐，它的咸淡取决于盛它的容器，你想当矿泉水瓶，还是大河？

苦难一旦发生，苦难本身是改变不了的，但你能改变自己。当你自身变得如大河一般强大时，曾经那些相同的苦难，于升级后的你来说，就变得不痛不痒了，这即是"境界一旦提升，问题立刻消失"。

随缘不是不作为，而是努力地顺其自然。

有女生找我诉苦，远嫁后，在男方家受苦，老公出轨不顾家，婆婆也给她眼色看，自己又没能力，还要带孩子……其实这种情况真的还挺多的，但我只能告诉你，如果暂时什么都改变不了，那么只能先受着了，还得认账。因为如果你过去没有种下过与之相对应负面的种子，也确实不会有当下的经历体验。而且认账以后，自己的心态也会有正向的改变，起码会减少很多抱怨。在认账的同时，也一定要尽自己一切可能，默默提升自己的福报。

谁的福报大，能量就会大，当你自身能量变得很强，你身边的一切人事物都会潜移默化地发生你意想不到的正向改变。修福极其重要！很多人可能比较清高，不重视福报，认为读智慧典籍更重要，但是多少人根本达不到智慧典籍那个境界，而要想达到那个境界需要更大的福报。你求智慧，不修福报是不可能的，因为没福报的人也不可能有智慧，福报是一切的前提。"得到"主要靠的是福报，"放下"需要的是智慧。福报易得，智慧难求。进一步说，得到智慧需要更大的福报，而多数人福报不够。

这就很好地解释了，为什么很多人没有智慧的光明？因为没有福报。为什么遇不到好的善知识？因为没有福报。所以福德资粮要放在智慧资粮的前面，福德生智慧，智慧反作用于福德。福报为王！

真正对你好的人，未必是给你钱的人，而是让你发菩提心的人。

时时帮助别人，处处为别人好，以真诚、亲切、同情、和善、慈悲心去待人接物，这即是"给福报充值"。

把自己的焦虑烦恼先放一放，把精力倾注在能为这个世界做点什么，能为别人做点什么。而且最重要的是：当下就要去做，不要幻想等以后有时间再去做更多。

一句真话比整个世界的份量还重。

前台妹子就是我

其实我的起点很低，刚毕业之后我的第一份正式工作，是一家互联网公司的行政前台，那会儿我跟个傻子一样，可以用"很傻很天真"来形容。作为前台，需要帮公司收发快递，而我连快递面单是什么都不知道……领导还让我和保洁阿姨一起去换厕所的纸，很多同事也不叫我的名字，直接叫我"前台"，平时也会有些不怀好意的人来调侃我、挖苦我、讽刺我。我记得当时有一个HR，她号召同事下班一起去酒吧玩，然后当着我的面说："就不叫静静去了（静静是我），她工资那么少，打车费都出不了。"这些扎心的话，虽然我都默默消化了，但是自卑心理在那会儿已经发作得不行了，为什么人家能做HR，能做运营，而我就得在前台被人看不起呢？

总之，在做博主之前，我的职场经历可以用低迷来形容，看不到任何希望，每天如同行尸走肉一般，根本不知道自己想要什么，也不知道工作的意义除了拿一份工资之外还有什么？直到有一天，我得了让我痛不欲生的焦虑症，长期失眠生不如死……但没想到却也因祸得福，在寻求自救的道路上，被先贤留下的圣贤文化给洗礼了，感觉心突然不痛了，也不焦虑了。因此我发了大愿：传播圣贤文化！就在那一刹那，我的生命发生了深刻而永恒的改变，这个大愿成为了我人生的转折。

刚开始传播的时候，我身上一点钱都没有，还欠着几千块钱，住在老破小，但是我竟然敢整天输出大道理，甚至跟大家分享"财布施得财"……现在回想一下，我也蛮佩服自己的（脸皮够厚）。我记得前几年我出了一个视频讲财富的秘密，有个人在我视频下留言："我的天呢，她自己都没钱。"但是我却不以为意，依然信心满满地传播我认为的正知正见，因为我对这套智慧有100%的信心，虽然那会儿我还没有显化……但是我一直憋着一股劲，我一定要翻转，我要发财。所以私下里我一直在暗戳戳去布施、舍财、行善。

时至今日，当年的那个前台妹子终于翻转了，这一切都是圣贤文化给我的，没有圣贤文化，就不会有现在的我。希望我的经历，可以给到很多起点低的人一些信心，不管你是所谓的厂妹，还是饭店服务员，还是没学历的打工仔……你都可以通过践行圣贤文化而华丽转身，成为你想成为的人。

现在很多人都在修慈悲与智慧，但我觉得力量与勇气同样重要。当年我敢于站出来传播圣贤文化，完全依赖于宇宙赋予我的力量与勇气，现在我把这份力量与勇气传递给你，希望每一个你都能彻底活出来。

以下分享四个关于我做博主的心得：

第一，不忘初心是核心。不忘初心，方得始终，初心易得，始终难守。不忘初心，方得始终，若忘初心，幻湮迷灭。永远要保持清晰的头脑，你的初心是什么？迷茫的时候，想想自己的初心，瞬间就归位了，一旦不忘初心，这就是顺应道，那么道就会回馈你，反之，竹篮打水一场空。

第二，粉丝利益，永远高于一切。一切出发点，必须以利益粉丝为导向。

第三，善用影响力。人一旦有了一些影响力，较容易滋生傲慢心，而傲慢心一旦升起，就是灾难的开始。首先活在光环下的人没有大福报是难以支撑的，傲慢心再一升起，福报储蓄卡会被迅速兑现。所以要转换，尽可能把自己的影响力最大限度地用来利他，传播正见。

第四，保持真诚，心地清净。在践行"百术不如一诚"的前提下，不断地去一点私欲，再去一点小我，不要计较眼前这一点点得失。去追求一个更宏大的目标，甚至这个目标是超越物质之上。

再以我为例，总结三点：如何找到自己的天命？

第一，找到自己内心真正想做的工作。（如理如法）

感恩每一个可以让你帮助的人，是他给予了你种福田的机会。

第二，没有任何收入也想去做这份工作。

第三，如果社会上没有这样的岗位，就自己去做。

找到并尝试之后，如果自己很喜欢很享受，那大概率是天命。反之就不是，继续重复以上三个步骤。

一切皆有可能，你可以做到任何你想做到的事情，阻碍你的只有那个"你做不到"的念头而已。带着犹如童真世界里的那种无与伦比的纯粹与真诚，活出全新的自己。愿你出走半生，归来仍是少年。

智者的出现，是对你智慧的确认。

我却没吭声

莫名其妙被骂了，

有好几个人问了我同样的问题："别人骂你，你都不吭声，这是不是软柿子啊？"我分享一件我亲身经历的事情，这件事我当时虽然没有处理得很好，但是也有一些参考价值。

有一次出去吃饭，我在那里等一碗面，这时进来了一个女生，看起来火气很大的样子。她点的菜陆续上桌了，我就好奇地看了看她点的菜，想了解一下这家店的菜色。然后这个女生突然对我发火了："看什么看！眼睛是不是有问题啊？"我有点意外，至于吗？但是我只是静静地看着她对我发火，什么也没说，我能感觉到她的火气很大，慢慢地，其他桌的顾客也都看了过来，我还是没有说任何话，这时那个女生好像反而尴尬了。

就是这一个过程下来，我没觉得我哪里软柿子了，其他顾客貌似也只是看着那个女生比较尴尬而已。

智者不争，修行人应以不争辩而为真解脱。

这件事情让我意识到：平静的力量真的很强大，比暴跳如雷高级多了。平静的时候，能量都是往里收的，而发脾气的时候，能量全部往外泄。强者平静如水，弱者易怒如虎。

其实发脾气骂你的人，才是最可怜的。他能向你这么歇斯底里地输出负能量，说明他体内已经被负能量充满了，丑恶的东西在他内心发生着，负能量在燃烧他。

没有必要和这样的人纠缠，一纠缠，就开启了凡夫模式：心随境转。你会与他同频共振，进入共业，彻底陷入负能量。下次如发生类似事件，只需要轻轻地提醒自己：不要被外境所转，做自己情绪的主人。

"凡夫"与"非凡夫"的最大区别在于："凡夫"是典型的心随境转，而"非凡夫"则是境随心转。其不同的结果是，"凡夫"会经常陷入痛苦，而"非凡夫"则不会。要想淡定，就要学习"非凡夫"，境随心转。

当心随境转时，苦和乐都交给了别人；当境随心转时，你可以自由地乐，并且掌控全世界。

孤独会助力我们找到内心的平静和自由。

与孤独和解，改变了我的人生

无论你怎么想着摆脱孤独，从我的经验来看，根本摆脱不了，越是抗拒，越是强烈。一个人的安全感，只能来自于自己。如果你是为了逃避孤独、索取关怀、获得优越感等心理原因而去婚嫁，一定会在婚后体验到更强烈的孤独感、匮乏感和卑微感。逃不过去的，都得自己面对，最后还不如接受孤独。当我彻底与孤独和解后，人越发清净了很多，减少了很多自我能量的外泄，反而像变成了一块吸铁石。

与孤独和解后，分享一个我骨髓里的改变，就是思维日趋从"向外"转化成了"向内"。

以前当我遇到了一个人骂我，我不开心了，我就会怪那个人："怎么会有这样的人，凭什么骂我？"然后陷进去，越来越不开心，恨对方恨得要死。但是现在我遇到一个人骂我，可能还会起一些情绪，但不会像以前一样，把关注点完全放在对方身上，我会反问自己："我为什么会不

相濡以沫，不如相忘于江湖。

开心？心明明长在我自己身上，怎么运作看我自己呀，我为什么要运作为'不开心'模式呢？"从而意识到，自己的修为还有待提升，而对方这一关自己还是没过，惭愧惭愧。

再比如以前当我遇到了一个骗子加我微信，我就会吐槽："这个世界上怎么会有这种人，这种人活着干嘛。"但是现在我遇到一个骗子加我微信，我不会把关注点完全放在那个骗子身上，我会反问我自己："我怎么感召到这样一个人加我，我最近什么能量层级啊？不行不行，是我自己的能量层级出问题了，才会感召到这种人。"或者换一种思维："我曾经种了多么坏的种子，以致于显化这种骗子来加我，我要好好忏悔清理。"

当你的心改变的时候，你身边匹配的一切人事物，都会发生潜移默化的改变。但是当你的心没有改变的时候，一切都没有用，身边都是敌人，而且敌人会更强大。

所以调伏自己的心，自己不要起烦恼，这个是最重要的。你起了烦恼，不管怎么说，你已经错了（动气便是恶）。只要你自己不起烦恼，没有任何人事物可以伤害你。敌人不在外面，都在你自己的心里。

风动幡动，不见心动。世界万物，皆由心造。

修心后，我拥有了水光肌

最近几年，凡是见到我的人都在夸我的皮肤状态怎么那么好，还是发亮的那种。不谦虚地说，我现在的皮肤确实好了很多，以前额头上密密麻麻的痘痘，现在都没了，其实主要还是修心带给我的巨大变化。

还有，很多年前我就被确诊了慢性浅表性胃炎，基本上是每年都会犯一两次的，嗳气反酸非常难受，但是这两年犯病的次数都减少太多了。关于胃炎，我要感恩一位三甲医院专家，他和我说："人的情绪系统与消化系统用的是同一个体系，情绪焦虑的人通常胃都不好，所以养胃最主要是养心，让自己情绪平和。只有这样，才能治根。"

而我认为，要想有效修平和，必须彻底明理，不然只是扬汤止沸。

同样一件事情，有人因此而高兴，有人因此而悲伤，这是为什么？这说明，事情本身是中性的，是空白的存在，观察者不同，得到的答案也

不要试图用健康去换取身外之物。

不同。那为什么观察者不同，得到的答案就不同呢？因为每个观察者的"意识印记"不同。这就充分证明了，任何事物本身都是中性的，是空白的存在，从而论证了一句话：事物不来源于事物本身，而来源于观察者的意识印记，观察者不同，得到的答案也不同。

我做博主以来，有人说我好，有人说我不好，有些人受益了，有些人看着我就烦。现实生活中，有人评价我傲慢心很重，但又有人说我很谦卑，这些南辕北辙的评价一度让我很拉扯，我到底是什么样的呢？有人说众口难调不用在意，有道理，但是回答不够究竟。

而真相是：当有人说你好，有人说你坏时，恰恰说明你什么都不是，你是缺失的存在，他们是对的。以我为例，当有人说我好，有人说我不好，有人说我谦虚，有人说我傲慢，这恰好说明了，我其实是空白的存在，而那些人对我的评价，实则是他们自己的意识印记经由我而投射出来的，只能说，反映了他们自己的内在意识印记。

站在那些评价我的人的角度，他们当然都是对的，因为他们是不同的观察者，他们的意识印记是不一样的。这时候，你是否理解了一句话：你觉得我慈悲，那是因为你慈悲。此时最高级的识人术也已经出来了，你可以通过观察一个人对别人的评价，来充分地了解这个人真实的内心世界。

在繁华的世界，修一颗清凉的心，我是自己所造的业的主人。

以上充分论证了一句话: 别人眼中的你不是你, 而是他自己, 所以你根本无需在他人对你的评价里停留半秒。

既然别人眼中的你不是你, 那你眼中的别人又是什么呢? 比如, 你有时候觉得这个人虚伪, 那个人装清高, 真的是这样的吗? 不见得, 因为你觉得虚伪的那个人, 还有另一个人觉得他很实在。这就很奇怪, 面对同样一个人, 怎么你的评价和别人不一样? 这也同样地说明了, 那个被评价的人也是空白的存在, 你对他的评价, 实则是你自己的意识印记经由他而投射出来的。所以, 你看到的实则是你自己, 这又充分论证了一句话: 你眼中的别人才是真正的你, 要在你对别人的评价中修行一生。

深入启发: 任何念头本身都是中性的, 是空白的存在, 它伤害不了你, 是你对念头的评判导致你受到了伤害。瘙痒本身是中性的, 是空白的存在, 它伤害不到你, 是你使劲去挠, 挠破皮了而让自己受到了伤害。

刚一动念，马上心想事成

分享一个真实案例，有一个朋友三十几岁，在某个特定情境下，她发自内心地祈愿别人能够拥有理想的伴侣相伴一生，结果这个念升起没多久，陪伴她的人就出现了，她遇到了人生挚爱。

这些年，我自己也老是经历各种各样的心想事成，有的时候真的是动一个念，马上就实现了，就是这么真实的可怕。

有一次，我正在纠结，要不要买个小号吸奶器，方便出门使用，结果第二天就有人给我寄了一个过来。到现在为止，我都不知道是谁寄给我的。

还有一次，我跟我妈在带孩子的某个瞬间，突然想给宝宝读一下《弟子规》，而且我想要注音版的那种。就在我升起这个念头的时候，

只问耕耘、不问收获。但行好事、莫问前程。

我们家突然有人敲门，我妈就去开门了，是快递小哥送来了快递，一拆发现是两大箱《弟子规》，而且是我想要的注音版。真的是让我觉得心想事成得可怕。这件事把我妈和我都彻底惊呆了。

　　如何播下"心想事成"的种子? 方法如下:

　　当你有一个心愿的时候，首先你要寻找一个共业的人，也可以理解为跟你有着同样心愿的人，你去帮助这个人如愿，就是给你自己的心想事成种下了茁壮的种子。当这颗种子开花结果的时候，就是你心愿达成的时候。哪怕你并没有实际上去帮助这个人，只是发自内心地祈愿他能够如愿，这也是给你自己种下了茁壮的种子。

　　比如说，你希望你自己的孩子健康平安成长，怎么办? 你就要去帮助其他孩子，哪怕你并没有实际性地去行动，只是发自内心地祈愿他们都能健康平安成长，这也是给你自己的孩子，种下了茁壮的、健康平安成长的种子。

　　再比如，当你希望你自己婚姻幸福，你就要去助力别人婚姻幸福，哪怕你并没有实际性地去帮助，只是发自内心地祈愿所有人都能婚姻幸福，这也是给你自己的婚姻幸福种下了茁壮的种子。其他所有以此类推，这个方法一定要坚持去使用，锻炼自己的意识肌肉，逐渐将自己的意识肌肉调整为利他模式。我太想让你们体验到那种"心想事成"的感觉了，实在太奇妙了。

窍诀：动机至善，发自内心。己欲获得，先助他人。

小焰三分钟

威力无比的冥想训练（播种幸福）

晨起 睡前 或任意时间

（坐着躺着……姿势不限）

心里默念以下内容：

"愿我家庭圆满，顺利，平安，吉祥。"

"愿你家庭圆满，顺利，平安，吉祥。"

"愿所有人家庭圆满，顺利，平安，吉祥。"

"愿一切众生，都能解脱，觉悟。"

不断在心里默念，这个愿力是非常大的！

王阳明先生说过：一念发动处，便是行。

坚持一段时间，你会惊讶地发现，

你的心好像慢慢地静了下来，能量好像也提高了，

你周遭一切人事物的磁场，

慢慢都顺你心了……

挖过最大的坑！就是给自己贴标签

人一旦自己给自己贴标签，就会被"绑架"。

我之前不是表达自己想要帮助更多人吗？这其实就是一种标签，为什么这么说？有个人发信息给我："我心情不好，快点帮我走出来，救救我呀！"我回复是："人，唯有自救，把我推荐的书都看看吧。"没想到对方回复："你不是很善良吗？都是骗人的……"

我就瞬间无语了，后来发生了好几件类似的事情，虽然都很无厘头，但是我知道：凡是发生在我身上的事必有利于我。然后我瞬间意识到了，问题出在我自己身上，我还是给自己贴了所谓的标签，那这个标签就会成为绑架自己的砝码，"你不是很善良吗？那你可得好好帮助我，直到我好了为止啊。"

不管你是什么样或者想成为什么样，都没有必要给自己贴任何所谓的标签。比如有些女生给自己贴了"美女"的标签，结果素颜都不见人，心理压力很大，为了维持这个"美女"的标签，自己背后其实很糟心。再比如有些人给自己贴了"善解人意"的标签，那你一辈子就被"善解人意"给绑架了，哪天你不"善解人意"了，反而成了罪人。

别人说你慈悲善良，别陷进去，你可以回个："就这样吧。"别人说你很有修为，你可以回个："没有没有，过誉了。"

涉及到自我标榜的话尽量也少说，说一句就是给自己挖了一个坑，埋得有多深，取决于你说了多少次。我们古人不懂得啥叫"标签"，但是也已经告诉我们了，千万不要"自夸"，很危险。不信你拆一下"夸"字怎么写？大+亏=夸，"自夸"要吃大亏的。

另外从我的经验来看，要想彻底不被标签化，要尽可能接近真实，保持你对欲望，对情绪的真实，从真实出发，才能获得超越的力量与勇气。

如果你还达不到"为利他故，愿无惧戴上任何面具"的境界，那么就先从"为解脱故，愿勇于摘下所有面具"开始践行，揭下自己的面具，做一个真实的人，允许自己本来的样子！

分享最不舍的东西，就会得到最大的回报。

告别完美主义，承认自己能力有限，其实这并不丢人，因为人生是来体验的，不是来演绎完美的。当一个人极度坦诚，他就已经无坚不摧。

下等人！
在有恩处无恩

在生活中我见过一类人，这类人看似是很可怜的人，但同时也是最不值得被同情的人，这类人我称之为"绝人"，而绝人必然走绝路。

那是什么样的人呢？先归纳三类人：上等人，中等人，下等人。上等人是，在无恩处有恩，这是非常厉害的人；中等人是，在有恩处有恩、在无恩处无恩，我就属于这类人；而下等人是，在有恩处无恩。这类人我也称之为"绝人"，用土话讲是，吃爹喝爹不谢爹，也可以称之为"吸血鬼型人格"。这类人只要"傍"上任何一个人，都会充分发挥其吸血鬼的本性，哪怕你对他付出再多真心，给他再多，他都不会对你有半分感恩。最后，当你被折磨得精疲力尽、歇斯底里的时候，他会反过来PUA你："是你情绪不稳定……"

这样的人，对于我们这种还没有成就的凡夫来说，既然无力转化，那么建议将他放生，交还给他原本的命运轨迹。这样的人看似没人能治得了他，但终究还是会走上绝路，因为恶人自有恶人磨，人善人欺天不欺，人恶人怕天不怕。意思是，就算一个人再坏再有心机，但老天爷不怕他，把时间线拉长，迟早有一天出一个更狠的把他收掉，不信你且看。

千万不要做一个在有恩处无恩的人。有感恩的心，便什么都有；没有感恩的心，便什么都没有。只要一个人还懂一点感恩，说明还有的救，如果一点感恩心都没了，那真的……只能是绝人走绝路了。正如一位智者所说："那些无暇感恩的人，永远不可能获得最大的满足，而他所得到的，也终将失去。"

一切的发生都是因缘和合而来，万事万物的本质其实就是空性。空性有无穷潜在的可能性，因缘和合的时候，可以显现无穷无尽的事业。所以一切的一切，都是靠因缘和合，靠大众的成就。再厉害的人，自己独立做什么事情都是做不成功的，都是要靠因缘和合。其实我们每个人都活在他人的恩泽中，所以我们每个人都要有知恩、感恩、报恩之心。越感恩，你得到的就越多。真正的感恩之心一旦升起，福报可以瞬间被"大额充值"。

一个人静静地回忆一下，从小到大那些帮助过你的人，发自内心地去感恩他们。感恩的心要用报恩来践行，如果联系不上或者不好意思，那么就在心里默默感恩。心怀感恩之人，将被赋予更多，变得富余；不存感恩的，连他所有的，也要夺去。

人生的意义在于，寻求心灵的自由与安宁。

多年前，让我彻悟的道

从世俗上来看，一直以来我都是个比较努力的人，但是很遗憾，以前上班上了那么多年，一直都是个小喽啰，连领导都没当过，我曾怨天尤人，为什么我这么努力，就是混不好？直到遇到了圣贤文化，我才大彻大悟，原来在过去的那么多年里，我努力的方向一直都是错误的，而错误的努力意义不大。以下分享曾经让我大彻大悟的智慧，愿更多人开启正见。首先要破除对发财的三种普遍错误认知。

第一，勤劳不是致富真正的因，勤劳只是致富的助缘，或者说是必不可少的条件。勤劳本身并不能致富，如果勤劳可以致富的话，现实生活中那些最辛苦的人应该最富有才对，可事实并非如此，那些干苦力的人最辛苦了，可是往往他们却拿着微薄的收入只能维持温饱。相反，很多人每天养尊处优睡到自然醒，却拥有大量财富。因此，"勤劳致富"并不是究竟正确的说法。

时间并不存在，只是人类大脑的幻觉。

第二，知识不是致富真正的因，知识只是致富的助缘，或者说是必不可少的条件。知识本身并不能致富，不然也不会有那么多高学历的人挣得还没有那些小学毕业的老板多呢。现实生活中，有太多知识文化浅薄的人却拥有大量财富，因此，"知识致富"并不是究竟正确的说法。

第三，智谋、拼搏、管理、团队精神……这些也都只是致富的种种助缘，不是真正的因。可是很多人正是通过上述这些助缘得到财富的，于是就误认为这些助缘就是致富的根本。就好比大家都知道向日葵成长靠的是阳光、水分、肥料、土壤这些助缘，而忘记了土壤中必须要有向日葵的种子，若没有种子，无论你怎样浇水施肥，这块土壤也是不会开花结果的。

致富真正的因，其实是"福报"，也叫做"幸福的果报"，而与财富相对应的福报来自于财布施。"财布施得财"是道上人都知道的秘密，其核心就是：在大福田里心甘情愿地去舍财，穷人不舍穷根难断，富人不舍富不长久。

先贤说：君子以厚德载物。"物"可以理解为才智、地位、财富等一切我们所拥有的东西，所有这些"物"，必须要有"德"才能承载起来。一个人有多大的"德"，便能承载多大的"物"。如果一个人所拥有的

"物"，超出了自己所具备的"德"，就会出现德不配位的问题，最终招致祸患。德不配位，必有灾殃。

无德无行而取厚利，必有奇祸；善行善德而受磨难，多有后福。修德以配位，自谦以远祸，平静以保命。

通往地狱的道路是由期待铺成的。

那个引你入道的人，
一定是你生命中的精灵。
如果你已经走在道上，
那么一定要尽己所能，
成为别人生命中的精灵。

关于社交，我彻底摆烂

关于社交，我好像一直都是摆烂的那种。

比如网上有人说："你好好看啊！"我一般回复："我开美颜了。""敢不敢关掉啊？""不能，我怕吓着你。"再比如有人说："小焓，你根器好好啊！"我一般都会回复："笨鸟先飞而已。"还有人叫我"老师"，我一般回复："德不配位，叫我'小焓'就好。"其他以此类推，慢慢我发现，这种摆烂式社交，不但省去了很多后续，反而以退为进了，有点道家"反者道之动"的意思。

有朋友反馈，学了圣贤文化之后，很容易被道德绑架，最后做了一些违心的事情。那我现在告诉你，你带着烦恼心去做事情，也没什么功德，所以不如不去做。在这个世界上，没有人可以道德绑架你，不想做、感觉不好的时候，说明已经不在中道上了，不帮也罢，不做也罢。

强者平静如水，弱者易怒如虎。

经常有人让我转发一些求助的信息，但除非知根知底，不然我一律不转，为什么呢？因为一旦开了口子，我就成公益转发大使了，还未必能确认真伪，这就偏离我本该要做的事了。所以在前行的道路上，还要学会智慧地取舍、拒绝。

我之前说了一句话："不以布施为前提的求财都是耍流氓。"此刻我再补充一句："布施的时候不能有烦恼心，不然这个种子也是萎缩的。"落实到生活中，有一次我记得有人刚加上我，就给我发化缘信息，让我捐钱干嘛干嘛，我当时感觉不对，直接就把他删除了。所以切记，感觉不对劲就不要去做，这个世界上没有任何人可以绑架你，当你把自己的最低处展示给别人看的时候，从此你不会再害怕任何人失望，这个时候，你真正的自由了。

曾经我一直都没什么朋友，有一段时间，我特别想交朋友，遇到任何一个人，都像抓住救命稻草一样，掏心掏肺地对他们好，但最后的结果却是让我一次又一次的失望。直到有一天，我彻底摆烂了，我放弃了，我不交朋友了，没朋友就没朋友！

但很奇怪，当我彻底放下了交朋友的这个念头，不断充实自己的内心世界，慢慢有很多人反而粘上来了……真的应了道家的那一句：反者道之动。反着做事情反而会有正向收获。

万物负阴而抱阳，冲气以为和。

当我有了朋友之后，我又感悟到，要想彼此相处得更长久，其秘诀在于保持距离。和任何人走得太近，都是一场灾难，只会加速你们的分离，而"知止"才是人生最大的学问。

所以不管你在哪里，一开始都不要和任何人太亲密，不然用不了多久就会矛盾重重。最好保持平淡的关系，于谁相处不怨亦不亲，稳重自主即是吾忠告。

再分享一个秘密：如果说别人欠了你一笔钱，你怎么要都要不回来，那个人说什么就是不还了。这个时候，你彻底地放下，彻底地心无挂碍，只要你能做到，接下来你的钱反而会越来越多。

以上都是道家"无为"智慧的运用，你必须去释放一种没有欲望的欲望，处于一种不想得到的得到，带有一丝漫不经心的刻意，最终，你一无所求地得到。

予非失，乃存也。

这样的人，最有福报

如果你是一个特别爱担心、爱着急、爱焦虑的人，这就很危险了，因为这类人最大的特点，就是心老是往上窜，心+串=什么？是一个"患"字，所以如果你是这类人，最终你会成为一个"患"者，这个不是我说的，老祖宗在造字的时候就告诉我们了。

如果你是一个爱发火的人，整天火气很大，那就坑爹了，火+火=炎，如果你是这类人，你体内就会有"炎"症，这个也不是我说的，老祖宗在造字的时候就告诉我们了。

以上这样的人，不管有多少钱，有多高的社会地位，这都不是有福之人的特征。那有福之人的终极特征是什么呢？是平静祥和。平静祥和的人也是天道最喜欢的人，一个平静祥和的人才有着最真实的福报，不管遇到什么事情都能心平气和、如如不动，没有一丝一毫怨恨的意念，这样的人，万物皆可为他所用。

要想达到以上境界，需要有智慧，何为"慧"？你把智慧的"慧"字拆分开来，会发现：心+扫帚+两个丰=慧。原来用扫帚把你的心打扫干净，就可以获得Double丰盛！这就是获得智慧的方法，老祖宗在造字的时候就已经告诉我们了。

现在有很多人每天也没有做什么，但是就感觉到很累，这是为什么呢？答案是：内心不平静。内心不平静是巨大的内耗，慢慢地，精气都散掉了，你当然会感觉很累。

把眼光收回来，专注清理自己，观心为要。在那些你本会有剧烈情绪反应的时候，选择平静，这即是事上磨练。说的再多再好都只是纸上谈兵，关键是事情来了，自己能不能平静。当我们心情不好的时候，最重要的也是先静下心来，好好地去观察自己的感受。刚开始的时候，你会觉知到好像有个不适的感受在，然后你继续放松、继续看，那些不适的感受会慢慢消失（感受也是一种无常的东西，它会升起也会消失）。你不断地去这样练习，你的觉知力会越来越强大，慢慢地，当你产生情绪的时候，就不会被它带走。

平静才能到达永恒，不平静就是福报的终点，人生练的其实就是平静。智者不争，修行人以不争辩而为真解脱。

一个谦卑的人，才能不断学习和成长。

不怕困难，利益众生，离"忘己利他"的目标近一点，再近一点……

贫穷，使你安全

曹德旺先生说过："其实大多数人都不适合发财，因为钱的反噬力非常大，一个人如果没有很高的德行和智慧很难扛得住。"这句话是在道上的，当很多人还不懂修德的时候，有钱只会让他造孽更多，没钱他还没法造孽。钱是把双刃剑，给有良知的人，钱就能做善事；给智慧不足的人，钱就能造孽。

现在大多数人，都想追求更高的"位置"，可能是想获得更高的社会地位，也可能是想得到职位上的提升，于是就单方面拼命努力提高自己的才干。殊不知才干固然重要，但一个人的位置越高，其实才干所起的作用就越小，而道德修养所起的作用就越大。在"德"与"才"的关系中，"德"为主帅，而"才"只是实现道德目标的助缘。如果一个人德不配位，那他的才干非但不能帮助他成事，反而有可能成为他居功自傲的资本，为自己种下失败的种子。

能意识到并承认自己的无知，是智者的境界。

比如有些人没发财之前，家庭起码还是能保全的，一旦发了财，就开始在外面花天酒地吃喝玩乐，最后的结果是妻离子散。现实生活这种案例比比皆是，那你说针对这种情况，发财到底是好事还是坏事? 再比如，有些人没升官之前，起码人身还是安全的，一旦升官了抵挡不住诱惑，开始贪污受贿，最后被抓进去了。这样的案例也不少，那你说针对这种情况，升官是好事还是坏事?

所以每个人在求财之前一定要了解"厚德载物"的道理。高处不胜寒，更高的位置，固然会带来更多的名利，但同时也意味着需要有更高的德行与之匹配。以薄德居尊位，以小知谋大局，以小力担重任，正是失败之源、取祸之道。如果不注重提升自己的德行，使之与更高的位置相匹配，就会反受其害。

当你还不懂修德的时候，上天没有给你显化很多钱，你应该感恩才对，是上天在保护你，贫穷使你安全。因为大钱背后必然有大风险，当你得到了很大的利，其实是转化了你很多福德，而如果你本身福德比较匮乏又被大量转化，那么之后就会有更大的坑随之而来。君子以厚德载物，真正富有的人都是有大德行的人。

你现在过得不好，是因为你往昔没有德行。你现在的每一个痛点，都存在与之相对应你曾经做的某件没有德行的事情，学会认账。

被出轨了，
不是很大的事

这几年，我收到了很多人向我倾诉的私信，就是另一半出轨了，自己痛苦的无法自拔。其实我很能共情这种被另一半彻底背叛的感觉，要想真的度过被出轨带来的痛，往往要经历三个阶段。

第一个阶段是震惊不敢相信，这种事情竟然会发生在自己身上，他怎么会……你心痛的无法呼吸。等你辛苦地熬过这段时间，会过渡到第二个阶段，这时你会彻底看清这个人，原来自己从来没有认识过真正的他，但每每想到他跟别人的撩骚，内心还是会隐隐作痛、会膈应。然后再过渡到第三个阶段，到了这个阶段，你会彻底看轻这件事情，轻重的轻，原来从宏观宇宙来看被出轨这件事，根本如同创可贴般的擦伤。这个时候你会从情感的伤痛中解脱出来，并且意识到，多想他一秒都是在浪费自己的能量，同时心性也会得到升华：原来人生的高度不在于你看清了多少事，而在于你看轻了多少事。

真正的成熟，是回归孩子般的清澈与单纯。

我学习了这么多圣贤文化，也从来没有看到过哪个圣人是歌颂爱情的，而且从我的经历以及见闻觉知来看，人们口中所谓的爱情其实充满了欲望与我执，所以想要追求永恒，难。真正长久的情，绝不是爱情，那是什么呢？结尾告诉你。

关于爱情，南怀瑾是这样讲的："我经常告诉年轻人，谈爱情讲爱情，爱情是会变的呀。天地间很少有真的爱情，爱情是人文自然的产物，也随人为的意识而变化，为什么呢？因为天地万物都在变化，没有不变的。"另一位智者也讲过："你一切的关系都是暂时的，当你住进旅馆时，不会想要与旅馆经理、帮佣、侍者共度永恒，你的家庭家人、你的朋友、你的理想与价值观，都与旅馆经验无异。迟早，你必须要退房，与他们分离。"

你可以适当放下对所谓爱情的执着，总有一天当你的格局打开了，你会意识到：所谓的被出轨、失恋……都不是什么大不了的事。更何况世事都是无常的，你的生命是无常的，你的丈夫是无常的，你的儿子是无常的，你的女儿是无常的，你的金钱是无常的，你的房子也是无常的……一切都是无常的。

这世间并没有永恒的事物，当你还活着的时候，或许你会认为：这是我的女儿，这是我的丈夫，这是我的财产，这是我的房子，这辆车子属于我。但是当你死了以后，没有任何东西是属于你的。

如果你还在情感中徘徊不知所措，我也给你一个答案：关于感情，顺势而为即可。因为，如果你的感情无法继续，它自然就会结束，根本无需你费力去结束它。活在缘分中，而非关系里，善待人生中每一场缘，债还完了，债主也就离开了。

答案：

一定要找到那个能让你的心静下来的人，从此不再剑拔弩张，左右奔突；也一定要找到，那个能让你的心精进起来的人，从此万水千山，生生世世。

祸福无门，惟人自召；善恶之报，如影随形。

一支「笔」的故事

"笔"的故事很经典，完全可以作为打开"空性智慧"的钥匙，一定要反复领悟，最好能背出来。接下来如果你有上台发言的机会，比如公司会议、家长会、读书会……就可以分享出来，用智慧的力量震撼全场。

好，现在进入"笔"的故事。

我："我现在手握一支笔，于你而言这是什么？"

你："这是一支笔。"

我："但是试想，当一只小狗走进来时，我在它面前挥一挥这个物品，它会有什么反应？"

你："我不知道，也许会咬它吧。"

我："所以，小狗是如何看待这支笔的呢？"

你："它可能把这支笔当成是磨牙玩具了吧。"

我："好，那到底谁才是对的? 是人还是狗? 我手上这个物品, 到底是笔还是磨牙玩具? "

你："两者都是对的吧。对我来说是笔, 对狗来说是磨牙玩具。"

我："是的, 两者都对! 对于不同的观察者而言, 这会是不同的事物, 既是笔也是磨牙玩具。"

我："那假设, 我将这个物品放到桌上, 你和狗都离开这个房间, 它是笔还是磨牙玩具呢? "

你："如果我和狗都不在那观察的话, 很显然, 这东西既不是笔, 也不是磨牙玩具。但是它又具备成为任何一者的潜能, 取决于是谁走进房间里! "

好, 通过"笔"的故事, 你已经对"空性"这个很难的概念有了初步理解。当人和狗都离开房间时, 桌子上的这个物品就是"空性"的, 是空白的存在。但同时它又具备无限的潜能, 因为观察者不一样, 对它的定义就会不一样。就好像开始播放电影前, 那块空白的幕布, 它会播放什么, 完全取决于投影源的母带。

回归生活, 比如你最讨厌的那个人, 他似乎本身就具有特别令人讨厌的品质。这个令人讨厌的品质被你感受到了, 就会让你产生反感的情绪。这时候你就会判定, 你反感的情绪是这个令你讨厌的人带给你的。但是进一步思考会发现, 这个你讨厌的人, 总有其他人会喜欢他, 比如

上德不德, 下德执德。执著之者, 不名道德。

他妈妈，他朋友……这些人看到这个令你讨厌的人反而会生欢喜心，这是为什么？为什么这个你讨厌的人会有人喜欢？

答案是：令人讨厌并不是这个你讨厌的人本身所具有的品质，这个人本身不具备令人讨厌的品质，不然这个品质会向所有人展示。其实这个令你讨厌的人，就像一块空白的幕布，或者说如同"笔的故事"中的那支笔，是中性的，不同的人会在他身上看到不同的品质。这时候灵魂拷问来了，那你在他身上看到的"讨厌"到底来自于哪里呢？

其实我们周遭的人事物同样如此，都是空性的，空白的存在，但同时又具备无限的潜能，取决于不同的观察者。比如你的老公、你的同事、你的婆婆……观察他们的人不一样，得到的答案也不一样。

接下来，如果你再看到了一个讨厌的同事、烦躁的邻居、小气的老板……可以试着用"笔"的故事来思考，"笔"从哪里来，他们就从哪里来。同样，"笔"从哪里来，这个世界就从哪里来。

请践行如下：
NO.1 负面情绪来的时候，能够看到它是来自于自己这边。
NO.2 了解看到的都是来自于自己的印记，而非这个世界的真相。
NO.3 停止种坏种子，开始种好种子。

NO.4 当好事发生的时候淡然处之，不亢奋，知道是好种子在兑现，继续播种幸福。

NO.5 当坏事发生的时候不怨天尤人，知道是坏种子正在爆发。

NO.6 当下的相已是最轻的显现，全部接受，回到慈悲喜舍。

NO.7 每天遇到不如意不顺心的事，都要忏悔自己过往的负面印记。

NO.8 理解"我"是一切的根源，改变世界从改变自己开始。

应观法界性，一切唯心造。

生如逆旅
高维方可远航

心不动万物则不动，
一切都只是自己心上的事。

怎么样才能提升高维智慧？

保持完全的宁静，

接近伟大古圣先贤的精神与思想，

让过去过去，让现在现在，让未来未来。

并且愿意服务自身力所能及范围内，

一切能摄受的人事物。

一切的发生
皆是为我而来

修蓝博士说过这样一句话:"我们每个人能看到的世界都是由自己变现出来的,你能看到的,你能听到的,都是因为你在场,如果说你不在场,你连看也看不到,听也听不到,所以每个人都要对自己的境缘负起100%的责任。"

这句话细思极恐,如果说深入领悟了,或许真能醒悟。什么意思呢?这个世界就是由我们的心所投射出来的相,每个人能看到的一切人事物,都是由我们内在与之相对应的种子所投射出来的。每个人意识田里的种子不一样,所以每个人能投射出来的世界,能看到的世界都不一样。

在每个人的世界里,一切的发生都是专为自己而来,一切的发生都是为自己量身定制。天上天下,唯我独尊。

一切的发生都是空性的,它其实伤害不了真正的你,你之所以受到了伤害，是因为你执着了、陷入了。如果说你不执着、不陷入，那它根本就伤害不了你，你也不会因此而痛苦。当一件事情发生时，你体验的苦楚或甜蜜都不是来源于事情的本身，而是源于你理解和回应它的方式。

比如说你楼上或隔壁的邻居吵，怎么办呢？很多人都会受困于此，首先你可以想办法去协调，找找物业……如果说这些方法都不管用，你再试试我的方法。就是当楼上或隔壁再吵再闹的时候，他吵他的，他闹他的，你就是不生烦恼心，只管安住自己。

再告诉你一个秘密，人的耳朵其实是听不到东西的，能够听到东西的是"耳识"，简称：耳朵+意识。同理，人的眼睛也是看不到东西的，能够看到东西的是"眼识"，简称：眼睛+意识。

比如晚上睡觉的时候，楼上邻居还在那边吵，确实非常烦，但是你就是不生烦恼心，把自己的意识从楼上收回来，抱着睡不着觉就睡不着觉的心态。结果你会神奇地发现，楼上再吵再闹其实影响不到你，原来一切都在于自己的心。如果你能坚持使用这个方法，慢慢地，你会发现楼上反而神奇地不吵了，这就是"高维智慧"。

楼上再吵再闹，它也是你内在的某颗种子所变现出来的。凡夫是

真正的快乐是：内心没有烦恼。

不懂这个道理的，所以会去跟人家吵架、打架，结果愈演愈烈。

明理后，你知道这是自己曾经的某颗种子显化了，它显化的时候，你就让它显化，你静静地看着它，不生烦恼心，等它显化完了就结束了，楼上慢慢地就不吵了。

其实有时候，你莫名其妙没来由的心烦、无名火，也是同理的。哪怕一个念头、一个不舒服的感觉，都是曾经你记不清的印记成熟地显现。祸福无门，惟人自召。

因为这些显现让自己不舒服，就被很多人定义为苦，于是陷入走不出来，其实这完全是一个思维误区。而真相是，不舒服的感觉显现了，说明与之相对应的负面印记正在消除，这才是真正的内部清理。故：全部接受。

一切都是如梦如幻的，你接纳什么，什么就消失；你反对什么，什么就存在。

人性的弱点：没有信仰的博学多才和充满信仰的愚昧无知。

所有的事物，都是经由你曾经的印记，制造产生出来的。

你周遭的世界、周围的人、甚至你自己，都是过去好或坏的行为、语言以及思想的产物。

Hpv，对纵欲的警示

哲学家叔本华讲过："人生就是一团欲望，满足不了就痛苦，满足了就无聊。"按照这个理论，叔本华把整个人生都比作了欲望，那所谓的爱情也是人生的一环，所以所谓的爱情也只是一团欲望，满足不了就痛苦，满足了就无聊。由此得出，爱情实则是跟自己的欲望相处的过程，色欲亦然如此。

恰当的时候能抑制住自己的欲望，可以积累巨大的阴德，是一种事半功倍的积福行为。分享《寿康宝鉴》中的两个故事：古时候有个备考的书生，他隔壁住着一个艳妇，时常向他抛媚眼。有一天艳妇的丈夫出门了，艳妇在两家隔墙下挖洞，引诱书生过来，书生怦然心动，赶紧想要爬上墙头，但转念想到：人可以瞒，天是不可以瞒的呀！于是就退回去了。可艳妇又来花言巧语引诱书生，书生又动摇了，准备爬墙，但转念一想：举头三尺有神明，就又走了。次年，该书生北上参加考试，主考官进场前夜，仿佛听到耳边有声音在说："状元乃是骑墙人。"结果放榜之后，主考官召见状元询问，才知道，状元真的是那个反复骑墙的书生。

明朝宣德年间泰和县典史曹鼐，在捕盗时救得一个很美丽的女子，晚上这个美丽的女子很愿意服侍他，曹鼐立刻回复她说："你是黄花大闺女，我怎可侵犯你？"于是拿出纸来，在纸上写下"曹鼐不可"四个字，随即将纸焚化。次日又召该女子的母亲将她领回。后来他在考试时，忽然天上飘来一纸，上书"曹鼐不可"四个字，于是瞬间文思澎湃，最终考取了状元。

君子之所以能成为君子，都是由于他们有着非凡的作为和至高的德行。他们都在恰当的时候做到了"存天理，灭人欲"，选择了知止、致良知，最终成为了名副其实的君子，显化了各种意想不到美好的果实。而如果他们当时跟随了人欲，就背离了君子所为，成为小人，最终被天道收割。所以君子跟小人的区别已经出来了，你是致良知还是致人欲？

人最容易被诱惑失足的时候，就是在面对色欲当前的时刻，心中勃然难以克制的一刹那间。如果此时能想一想，君子之所以能闭目不窥、坐怀不乱，也不过是将那片刻的邪念制伏得住而已，而因此获功名、得显位、光宗耀祖，造福于子孙后代。比起那些半世寒窗苦读，以及用其他方法来积累功德的人来说，真是事半功倍。所以何苦贪恋片刻的

一颗单纯的心，需要巨大的福报。

欢娱，而抛弃了盖世的功名。

那些有成就的人，一定都是有着不为人知的阴德在背后支撑着的，无形的阴德将支撑有形的存在。真正的智者，一定是少欲的。真正强大的人，是没有欲望的人。真正的自由，是不做欲望的奴隶。修行真正的敌人，是对欲望的迷惑、执着。

那怎么控制自己的欲望呢，比如色欲？从实用主义的角度，可以这样算，一切的享乐都是在兑现福报，那你减少色欲，就是在减少消耗福报，那被减少消耗的这部分福报就可以转化为其他的能量，就看你是否愿意适当"兑换色欲换前程"。从究竟的角度，总有一天你会发现，无论你如何折腾，你的欲望永远不会被满足，因为欲望本是一个无底洞，到头来一场空，色欲本空。

现在有很多女生被"渣男"伤害，一部分原因也是没有控制住自己的欲望，并且生理欲望占大头，所以女生如果能够控制住自己的欲望，就可以避免很多伤害。女生一定要保护好自己，不要让自己有任何机会躺在手术台上，做下造孽的事情。从另一个维度来看，现在的Hpv就是对人类纵欲的警示。只有了解欲望的本质，才会有更多人觉醒。

满足一千个欲望，还是战胜一个欲望，哪个比较重要？

被人揭下面具是一种失败，自愿揭下面具却是一种成功。

高能量人的特点

每个人都是一个能量场，高能量场的人有很多特征，其中最显著的就是有很强的"摄受力"。

就是当你看到这个人时，会有一种敬畏感，自然而然不会在他面前造次，注意这里的"敬畏"是指尊重，绝不是恐惧。

按照这个理论反推，如果总有人不尊重你，那很有可能是因为你的能量场偏弱，无法摄受别人。那能量场是由什么决定的呢？医学博士大卫·霍金斯有一个很著名的"能量分布图"。

图中显示：200分是高能量值和低能量值的一个分水岭。如果你是骄傲、愤怒、贪婪、恐惧、悲伤、冷淡、内疚、羞愧，那么你的能量场处于偏弱的状态，能量值在200以下；而如果你是勇气、淡定、主动、宽容、明智、爱、喜悦、平和甚至开悟的状态，那么你的能量场处于偏强的状态，

你必须尽己所能，利益到你能触达的每一个人。

能量值在200以上。

曾有人质疑："家境好、事业稳定、有钱,肯定在上面,能量场高,而我这种各方面条件差,没钱的人那只能在下面。"如果你也有这种思维,就犯了大部分人的通病,把原理搞颠倒了。不是因为有钱了能量就高,而是因为能量场高更容易变现,一切都是能量的变现。用福慧原理解释也是同理,不是因为有钱了福报就高了,而是因为有福报了才会变现更多,主次一定要颠倒过来。

高能量磁场振频,更容易感召更好的缘起条件,那么因缘具足,自然会有好的显化。你遇到什么样的人事物都跟自己的能量场有很大关系,我们常说的"经营自己",其实就是经营自己的能量场。

大卫·霍金斯也说过,能量振动频率低于200,容易生病。所以为了自己的身体健康,也得好好调整自己的能量场。怎么调整?

物质是由能量决定的,能量是由情绪决定的,而情绪是由念头决定的。所以,凡事转念,方为根本。当逆境来了,不管你运用什么心法,只要你能转念,即使那个相还在,但是它已经无法困扰你了。比如一个人因为长期工作不顺消极躺平了,外人再怎么想拯救他都是没用的,他还是粘在床上不肯起来,但是只要他自己能够转念,马上就能从床上弹起来积极前行,特别神奇,这就是一念天堂,一念地狱。

再回想一下我自己的过往,每一次从泥潭里面走出来,说到底,都是转念带来的。转念之后,即使泥潭还在,但它再也困不住自己了,这就是转念的力量。转念就是转运,转运就是转命。

霍金斯思维与情绪能量层级图

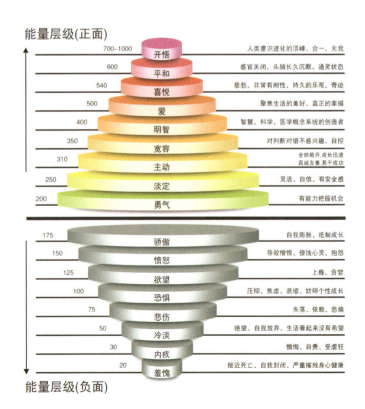

被传授某心法后，我变得很无惧

我学习阳明心学后获得了很大一个心法，就是：心如明镜，物来则照。浅薄的理解：任何事情无论好坏，如果已经发生了，那么先接纳。因为对于已经发生的事情，除了接纳别无选择，你抗拒只会增加多余的内耗，越是抗拒，越是强烈。在接纳的基础上，再根据现实情况去处理。

接受，是一切变好的开始；接受，是疗愈一切的根本；一切循业发生，接受即变。如果你洞悉了这个维度，那么慢慢就会明白，原来每个人的敌人实则是自己，如果把所有时间精力用来改变其他人事物，最终会一无所得。

那怎么样才算是接纳呢？可以这样判断，就是过去对你很重要的一件事，现在是否对你一点都不重要了？或者说，过去可以轻易激怒你的事情，现在你是否毫不在乎了？如果是的话，那么你就处于接纳状

在生命的历练中，活出淡定与从容。

态。相反，如果你因为某个人、某件事或者某个习惯让自己很痛苦，那就说明你已经被这些人事物给"精神绑架"了。意识到自己被精神绑架之后，就可以瞬间给自己松绑。

就是当你不再执着于某个人、某件事或某个习惯的时候，它就失去了指挥摆布你的能力，你也就获得了自由。我们要让自己安静，而不是让世界安静，你自己安静了，你所投射出来的世界也就安静了。

修心真正目的：是学会控制自己的心，让自己的心不再受外境人事物操控。就好比我们看电影，因为知道电影是假的，所以即使会动感情，情绪会随着电影情节高低起伏，但也能随时跳出故事场景，我们的心是自由的。同理，我们可以把"观电影法"运用到生活。在人间这座剧场当中，如果我们学会以旁观者看电影的心态来面对这场生命的大戏，就会辅助获得自我控制的能力。做自己的旁观者，做生活的旁观者。把生命交给生命，一切都刚刚好。

真正的强大，是不再害怕失去，是允许一切发生。

心如明镜，物来则照。

那个女孩，曾满脸是斑

有个女生从小脸上就开始长斑，上学时经常被同学嘲笑，一直都很自卑，去大医院做了激光，结果斑还是长出来了。她被脸上长斑的问题困扰了很多年，问到我有什么办法。要是你，会怎么回复她？告诉她哪里有个中医给她调理一下？或者是用个什么产品？

这种外求的方法都不究竟，即使这个斑弄好了，下次可能还会有人嘲笑她长得矮，单眼皮……她还是会痛苦，没完没了。所以我回答她："你改变不了你的皮肤，但可以转变自己的心，你自己不在意，瞬间就豁然开朗。"随后我又补充了一句："我就喜欢我的斑，独一无二，这就是真正的我。"然后这个女生回复我，我的回答让她醍醐灌顶。

其实只要她本人不在意自己脸上的斑，无论别人怎么嘲笑她，她都不会痛苦的，因为她没有与之相对应的痛点。所以从本质上来看，真正让她痛苦的，不是别人的嘲笑，而是她对别人嘲笑的在意，只要她不

神通抵不过业力，业力抵不过愿力。

在意,痛苦马上消失。再以我为例,我从小到大都长得比较高,别人老是说我:"这个女孩子怎么长这么高啊?"高中还有一个女同学嘲笑我说:"长这么高,以后嫁不出去。"这句话当时伤我不轻!但是后来,对于别人对我身高的评判,我坦诚相待,不在意了,所以再也没有因此而痛苦。偶尔还会自嘲几句:"我是个女巨人,少出门少出门……"

如果别人的哪句话、哪个评判把你伤害了,首先要做一个区分。真正伤害你的,不是别人的评判或者哪句话,而是你对别人的评判或者哪句话在意了,反之,你不在意,那无论别人说什么都对你毫无影响。明白此理之后,你还可以借此找到自己的痛点在哪里,从而转变自己的心,修自己不在意,减少自己的精神痛点。你的精神痛点越少,就越不会被别人的语言或者评判伤害。

这种内求的方式,就是把自己的能量从外境收回来,不再像以前一样总想着去改变任何人、控制任何人、担心任何人,而是解放任何人事物,只在自己的心上下功夫,而这样做的结果是:自己被解放了。

把目光放回到自己身上,是最聪明的活法。别人说什么,与你的苦乐何干呢?能改变自己的都是神,想改变别人的都是神经病。

有事心不乱,无事心不空。

从现在开始，放下你的征服欲、控制欲、占有欲，只在自己的心上下功夫。

这个时候，你的能量会进入巅峰状态。

其实，你是一个投影源

一切外境人事物都是自己内在意识印记的投射，所以当外境让自己不满意的时候，不是去改变外境，因为外境是相，改变不了的。而是要"观自在，反求诸己"，把自己内在的频率调整好了，外境显化自然会好起来。

给大家做个比喻：我们都看过电影，投影与投影源的关系也都懂。其实我们每个人就相当于电影院里面的投影源，我们看到的一切外境人事物就相当于打在电影院幕布上的投影。幕布上呈现的投影来自于投影源，要想改变投影，只能改变投影源。

再比如，用手电筒打光在墙上，手电筒就相当于是一个投影源。如果发现它打在墙上的光源上有一个黑点阴影，而我想去掉这个黑点阴影怎么办呢? 我擦墙面上的黑点阴影有用吗? 很显然, 没用。要想让墙上的投影没有黑点阴影, 就要把投影源上(手电筒)的黑点给擦掉才行, 因为投影的改变依靠投影源。

这个实验清楚明了, 但是为什么回到生活中大家又迷惑颠倒了呢? 你是投影源, 你看到的一切人事物都是你的投影。你对投影不满意, 你去怨恨投影是没用的, 只能改变投影源(也就是你自己), 投影源改变了, 投影才会改变。这即是 "相由心生" 的原理, 也是先贤留下的智慧精髓。

回归生活去探索, 当你的生活焦头烂额、外境显化乱七八糟的时候, 你的内在是不是心乱如麻? 答案是100%肯定的。而当你的生活岁月静好、外境显化所愿皆成的时候, 你的内在是不是平静祥和? 答案也是100%肯定的。这足以说明, 一切都是由自己这颗心所运作出来的, 一切都是自己心的投射。你看到的都是心里有的, 发生的都是已经存在的, 外面没有别人, 心外无物, 心即一切, 一切即心。

开心的是你的心, 不是外面的事情; 痛苦的也是你的心, 不是外面的事情。一切都是自己心的运作, 把注意力从外境拉回来, 用来关注自己的心。试着去感受这颗心的觉受, 它是心跳加速的, 还是刺痛的, 还是有点堵塞……试着做自己心的主人, 从而成为自己人生的主宰者。

不敢布施，太可怕了！

　　我是一个相当土老帽的人，"小资"这个词语几乎跟我没有任何关系，但是今年过完春节之后，我就开始陆陆续续收到各种各样的鲜花。我也算是个道上人，所以我清晰地知道，这是我过去种下的鲜花种子显化的结果。但是同时我又很纳闷，我这么一个土老帽，什么时候送出去过鲜花这么小资的东西啊，我实在是想不到。

　　直到有一天，一个粉丝发信息给我："小焓，去年八月份的时候，你在直播间跟我们分享过，你说当时你在逛西湖，遇到了一个卖花的老太太，那个老太太特别希望你买她的花，于是，你就买下了。之后，你又把买到的花送还给了卖花的老太太，当时那位老太太非常感动。"我一下子就想起了那件事情，从那件事开始一直到我频繁收到鲜花，大概经历了半年多的时间。

　　我最开始做直播的时候，每次抽奖大概只抽十本书，然后慢慢地

一切都是梦，一切都是幻相。

增加抽奖的书籍数量，直到现在，回流到我家里的书，已经多的几个书房都装不下了。

我现在不管走到哪个城市，都会有人寄书给我，按照我们家阿姨的话说："你不管走到哪里，快递永远是跟到哪里的。"

再跟大家分享一位老师的真人真事。

他在十几年前遇到了一个殊胜的对境，随即，他就给殊胜的对境供养了一份上好的茶叶。然后这十几年下来，他陆陆续续收到了从全世界寄来的各种各样上好的茶叶，他成了真正的茶叶大户。然而他却非常后悔，肠子都悔青了，他后悔什么呢？就是当时遇到那个殊胜对境的时候，他为什么要送茶叶，不送金钱啊？不然这十几年来他收到的可就不是茶叶了，他是真的肠子都悔青了。

再分享一则公案，古代有一个庞居士，他们一家四口全家开悟，由于他们过去种下的财富种子实在是太具足了，以致于家财万贯，钱多的已经被累赘了。他们实在是愁，有一天这一家四口商量出来一个办法，就是把他们家这些钱，全部打包好，沉到湖里面去。很多人都想不通，全家开悟的人竟然都不懂得布施之道，真的是太可笑了。

不是风动，也不是幡动，而是你的心动了。

　　其实不是这样子的，就是因为庞居士一家开悟，他们太懂布施之道了，所以他们不敢去布施。已经被财物所累了，如果说他们再去布施的话，这个布施回流的钱会越来越多，他们会更加被累赘，所以最后他们只能把钱沉到湖底。

　　看来，广行财布施才是求取财富的必经之道。庞居士的烦恼，体验一下也无妨。

得到智慧需要更大的福报，而多数人福报不够。

帮人的人被帮，被帮的人帮人

学习传统文化以来，我一直在强调利益他人，一天不行利他之事，这一天即为虚度。想要什么就给出去什么，因为给出去什么就会得到什么，这就是在"种种子"。

但有朋友反馈说，有时候发心送给别人一本善书，结果对方连个感谢都没有，很心寒。其实你之所以会感到心寒，是因为你认为你帮助了别人。这是错误的认知，而真相是：帮助别人的人被帮了，被帮助的人帮了人。

如何理解？你帮助别人是在给自己积累福报，是被帮助的那个人在给你机会让你种福田，最终受益人还是你自己，实则你是在帮助你自己。所以我们最应该感恩的，是人生中出现的每一个可以让自己帮助的人，是他的出现让自己有了种福田的机会。

随喜他人的好运，这是积福最简单有效的方法。

比如你邻居感冒了，你给他送了感冒药，谁帮了谁？表面上看，是你帮助了邻居，而真相是生病的邻居帮了你，因为你给邻居送药的行为，是给你自己积了德。所以，你帮助了别人，应该感恩别人给你提供了积累福报的机会，而不是期待别人的回报。

而且你要清晰，往往你给出的，并不会从你的受施者这里回流，因为"种子生长规律"并不是一一对应的。你帮助过的人，可能永远也帮不上你；而帮助过你的人，可能你永远也帮不上他。比如你帮助了一个人，当即种下了助人的种子，当这颗助人的种子成熟的时候，帮助你的，通常不是那位你曾经帮助过的人，而是一个出乎意料的人，甚至是一个完全陌生的人。

还有很重要的一个点，你种下的种子不到万不得已，没必要让别人知道，除非你是发心引导别人跟你一起践行。否则，从传统文化的角度就是：阴德变成了阳善。当年梁武帝问达摩，说自己做了这么多好事儿，有何功德。达摩不客气地回答他："没有功德。"这便是阴德变阳善的典型案例。

现在社会上有很多人是在做慈善，但是过于高调、过于傲慢，甚至目的是摆拍给别人看，提升自己的名声。慢慢地，你会发现他们陆续就会从大众视野里消失，为什么呢？

不积小善，无以成大德，积善成德。

你种了一颗种子，这颗种子被埋在土里，当外在条件适合，它就能发芽、开花、结果。而如果你把种子种下去了，再把土刨开，见光，那种子就会枯萎。就好比你做了一件好事儿，种了一颗好种子，但你到处去和别人说，这就等于把土刨开了，那种子怎么开花结果呢？

我们传统文化里面讲的"事以密成"，也是以上原理。所以，行善不需要让人知道，准备做某件事情也不需要到处宣扬，别再做那个明明种了种子却把土刨开的傻瓜了。

切记，隐秘自己之功德，隐秘未来之计划，做一个能守住阴德的人，隐秘而伟大。

如果你解脱了一切执着，就不会因为任何而生气。

被骂，内部清理最好的「咒」

　　我们古人很有智慧的，说"吃苦"就是"了苦"。现在大多数人已经过了衣食温饱线，最大的苦其实是"心灵上的苦"。比如被骂了，大多数人心里都不舒服吧，恨不得马上怼回去。

　　前段时间我跟一位老师说："最近骂你的人还挺多的，骂的内容很好笑啊。"然后老师也笑了，幽默地说："好事，提升自己很快的方式，就是别人帮自己做清理，被骂就是一种被动清理的方式。"

　　这位老师和我这几年的理念完全一样，做博主以来，我从未回怼过任何人，原理就在这里。

　　凡夫的思维都是很颠倒的，喜欢听好话，听着舒服呀，让你白舒服的？命运馈赠的礼物，早已在暗中标好了价格。所以从现在开始把那些挖苦你的话、骂你的话，全部当成帮自己内部清理的咒语。有人骂我，太好了！我曾经种下的负面种子再一次被清理，感恩骂我的人，他们太伟大了，不惜种下坏种子牺牲自己来帮我清理。

同时我们也要对他们升起慈悲之心，因为当他们骂人的种子成熟的时候，他们自己也要受得了才行。

延伸一下，其实有时候被父母骂，这已经是用最轻的方式在帮你清理过往的负面印记。另外，如果真的有一些德行极好的人愿意骂你两句，你就感恩戴德吧，对境越VIP，清理得越快。

再以我为例，有时候有些德行很好的人夸了我几句，我心里都是惶恐的，第二天赶紧多去做点好事儿，你现在懂我了吧。

把"骂"理解成"咒"，别人骂你，就是最好的帮你内部清理、内部提升的咒语，唯有感恩。

你的蔑视，是我的阳光；你的谩骂，是我的音乐；你的羞辱，是我的福分；你的损害，是我的顺缘。

不要跟因果争辩，它不会误解你。

人与人之间的关系是什么？
（一个故事　让你顿悟）

很多人会问我："人与人之间关系的真相到底是什么？遇到一些伤害过自己的人走不出来，到底该怎么办？"好，我分享一个让人潸然泪下的故事，这个故事可以解答人与人之间的一切关系。

很久很久以前，有一个叫天国的地方，那里住着很多小精灵和小天使，他们相亲相爱，每天都幸福地生活在一起。有一天，一个小精灵决定要转世投胎为人，其他的精灵天使知道了都很祝福，一起来送他。

天国统帅也来了，就问这个即将转世为人的小精灵："你还有什么愿望吗？"小精灵回答说："我希望接下来的一世，成为最美好的生命。"天国统帅想了想，说："成为最美好的生命，最大的难度就是要学会宽恕，那我就安排另一个小天使陪你一起到你下一世的生命里，扮演一个恶人的角色来让你宽恕吧。"另外一个小天使也欣然答应了。

小精灵很感恩小天使，但是还是有点不好意思地问小天使："你是如此的美好，有什么理由让你到我下一世的生命里变得阴暗和沉重呢？"小天使回答说："因为你曾经也为我做过同样的事，我们曾一起经历了一切，我们曾经都当过男人、女人、好人、坏人、受害者、迫害者……我们每一世都帮助着彼此成长。"

小精灵很感动，小天使继续说："下一世，我会到你的生命中去扮演一个坏蛋，我会做一些真正可怕的事情，只有这样，你才会体验到什么是真正的宽恕，最终成为最美好的生命。"

小精灵明白了，又追问了小天使一个问题："你为了让我能成为最美好的生命，甘愿去做一个坏蛋，你为我做了这么多，那我能为你做什么呢？"

小天使顿了一下，然后回答说："在我攻击你的时候，在我对你做出一些你能想到或想不到的最坏的事情的时候，请你不要忘记我真正的样子。"

你觉得我慈悲，那是因为你慈悲。

　　原来我们的生命中都曾出现过天使，但你是否还记得你们曾经的约定，不要忘记他真正的样子……

温柔终有益，强暴必招灾。

罪业若不忏，路有千万障。所谓大根器，亦是再来人。

高维智慧里的「变美冻龄之方」

颜值分为两块：精神颜值和外表颜值。

现在有很多女生都进入了一个误区，每天出门把自己打扮得光鲜亮丽，把自己最美丽的一面献给了路人、同事。一回到家就全部卸掉，变得邋里邋遢的，把自己最丑陋的一面给了自己的老公、家人……发现问题了吗？完全颠倒了，虽然你老公很爱你，但你也不能天天考验人性。

所以第一个点，在家里尽可能也要把自己收拾得体，穿个漂亮的家居服，头发理一理，你自己会很舒服的，让家里人也会比较舒服，我深有感触。

第二个点，从"能量守恒定律"来看，你想要什么，你就得把什么给出去。女生想要美丽，就要把美丽给出去，怎么给？鲜花代表美丽，你送

所有的遇见，皆是因为有所相欠。

人礼物送鲜花呀,这不就是把美丽给出去了吗?我有一个阿姨五十岁了,她太知道这个秘密,一直在这样做,气质好得不得了。

还可以怎么给?你把自己收拾得端庄得体也是把美丽给出去。所以出门见人的时候还是要尽可能把自己打扮得精致得体,化个淡妆,衣服饰品搭配一下,哪怕让路人看到你都会感觉到比较舒服、生欢喜心。

但要注意发心,打扮自己绝不是为了吸引异性、满足自己的虚荣。如果是这种发心,只会增长自己的傲慢、损自己的福报。发心不同,带来的结果完全不同。如果你是前者的发心,那就是给自己种下了美丽的种子,再搭配"不发怒",那么接下来随着时间助缘,更多的美丽都会加诸于你。

你冥想的时候,也可以默念一句:希望自己美丽,希望别人美丽,希望所有人都美丽。那这个威力就更大了……

我的宗旨是:一切走中道,内外兼修。一起修心,一起变美。不要太多,也不要太少。

养得此心不动,万事方能伺机而动。

切忌！不要「在红尘中上吊」

弘一法师晚年称自己为"二一先生"，为什么？他说自己这一生一无是处，一事无成，所以自称"二一先生"……大德之所以是大德，都是有原因的。

我很庆幸，在我最开始接触传统文化的时候，就被强调了"傲慢"的可怕，天下大病无非一"傲"字。

所谓的"自我感觉良好"，往往就是悲剧的开始。只要一个人一飘，就走上了自我毁灭之路。不信你去观察很多网红博主，是不是昙花一现的更多，或是没过多久便出现了负面问题，或是莫名其妙就消失了……

内在的德行与外在的显化一定是相匹配的，来得太容易的背后实

愚者指责别人，智者反求诸己。

则暗藏危机。

比如有些名人拍个广告就能挣几百万，这是普通人一辈子也赚不来的。但也别开心得太早，如果外在的显化是100分，但是内在的德行只有50分，那么人生中其他通道定会有所缺失。因为内外必须要达到平衡，这就是天道的规律，不以人的意志为转移。更可怕的是，如果这个人非常的傲慢、又自我膨胀，都不知道自己是谁了，那他就会飘的离开地面，但是头又顶不到天，这就是"在红尘中上吊"的状态。

现在很多人都不懂得这一点，做的事情都是在制造内外不平衡的状态。如果你现在已经意识到自己的内外不平衡了，怎么办呢？以我为例，我目前有数万粉丝，但我明显感觉自己的内在功力支撑不了，所以我就要更加谦卑，通过培养谦卑的美德和品质，来平衡外在的显化。

看一个人有没有福报、有没有出息，你要看他在取得成绩之后怎么样，如果他取得一点点成绩之后就开始沾沾自喜、夸夸其谈不可一世，那他就不会有什么出息。除非他改变自己的心，如果他不在乎自己取得了什么成绩，非常谦虚，不断精益求精，那他就必然是一个有出息的人。换句话说，一个人面对成功的态度，可以看出他的福报和发展潜力。

谦卑的背后，也是一个人的自知之明，和对天道的领悟。《道德经》讲：知人者智，自知者明。每个人现在可以反观自己，自己曾做过的那些拿不出手的事情，又有多少？人一旦看清自己，恐怕就没有勇气去评价任何人了。

希望我们之间可以有一个约定，从当下开始，你要确保，这一生无论你有多大的成就，当了多大的官，有了多大的权利，赚了多少钱，都要待人诚恳，对人尊重，不翘尾巴。而且，你一谦卑，就回到了归零状态，一归零，你又可以获取更多智慧，从而继续向上成长，这即是"是以圣人终不为大，故能成其大"。

一旦你向上成长，内心的定力就会随之增加，定力一增加，下次遇到事情的时候，你内心的躁动幅度就会下降，这样距离圣人的境界就又近了一步，这即是"每临大事有静气，不信今时无古贤"。

如果你的智慧不能降服心中的傲慢，那就发愿做这个世界上最无用之人。这是一个极端的方法，但往往可以瞬间化解你的贡高我慢。我曾把自己的座右铭定为：在整个世界上，我是最卑劣的人。这句话瓦解了我当时的自我感觉良好，并时刻提醒自己惟谦受福。

将"谦德"铭记于心，你会终身受益。

宁搅千江水，勿扰道人心。

人生启示！高人给南怀瑾的心法是什么？

中国传统文化里面有一个特别经典的词语叫"难得糊涂"。的确是这样，作为人，难得的真的是"糊涂"。

在生活中并不是所有的事情一定要刨根问底的。如果一个人在生活中遇到任何事情，都特别喜欢去追根究底、"破案"，那这样的人往往幸福感是很低的。即使你证明了你是对的，全世界的人都是错的，可你真的幸福吗？

当年南怀瑾先生去拜访一位老道士，这位老道士其实是不太好见到的，但是因为南怀瑾先生特别虔诚，感动了这位道士，于是他决定接见南怀瑾先生。这位道士见到南怀瑾先生之后，开门见山说了一句话，"你不是我这个道门的人，但是念在你特别虔诚，我传授给你两个心法。"

这里我分享其中一个心法，短短的一句话，但是特别有力量，特别耐人寻味。这位道士对南怀瑾先生说："人的心就像拳头这么大，一辈子不要放太多事情，事情过去了就过去了，过去了就没有了。"

就是这样短短的一句话让我顿悟了，确实是这样子，事情过去了就过去了，过去了就没有了，没有了就不存在了，不存在了就空掉了。

那为什么我们要经常为了已经空掉的事情，而苦苦折磨当下的自己呢？这其实是在作茧自缚。我特别希望给到那些爱翻旧账、爱纠结过去的朋友，哪怕那么一点点启示。

一念放下，万般自在。心安即是归处，心安才是真正的快乐。那怎么样获得心安呢？《心经》里面是这样开示的：心无挂碍，无挂碍故，无有恐怖，远离颠倒梦想，究竟涅槃。

让过去过去，让现在现在，让未来未来。

若人静坐一须臾，胜造恒沙七宝塔。

命运馈赠的礼物，早已在暗中标好了价格

茨威格说过一句话："命运馈赠的礼物，早已在暗中标好了价格。"

这句话，明理的人一听就能感受到是怎么回事，人世间一切的住、用、享受、幸运，被茨威格定义成了"命运馈赠的礼物"。而这些"礼物"，全部都在暗中标好了价格，这个"价格"指的并不是人世间的金钱。这个世界永远是由"看不见"的，决定"看得见"的。

"暗中标好了价格"，你可以理解为"福报"。我们每个人现在所得到的一切美好的身心、事业、家庭，都是自己福报的变现。所以没必要因此而沾沾自喜，因为这美好的一切都在暗中标好了价格，这部分福报变现掉了就没有了。

比如我结婚的时候，就没要双方家长给的钱。很多人说我傻，傻吗？我留着这个福报有什么不好，只要没有变现就一直还在，谁都抢不走的，还有利息呢。

当明白了这个规律，就会减少自己的很多贪着，因为能贪着到的一切也都在暗中标好了价格，变现的都是自己的福报，而且减少了贪着也会消除很多不安。毕竟有求才会有苦，没有求哪来的苦？

前几天有个朋友跟我说，他现在所处的行业内卷很严重，他很焦虑，不知道该怎么办？这其实也是很多人的疑惑，我在此统一回答：你所有的焦虑都可以汇成三个字——你缺德。或者用茨威格的方式来说，你支付不起暗中标好的那个价格。

怎么解？你有没有发现，不管行业多低迷，经济多萧条，总有人能挣钱；不管行业多火爆，经济多繁荣，但总有人亏钱……本质问题是什么？真正有福报之人是不受外境所影响的，反之你懂的。

有的人做什么都赚钱，那其实是福德力量，不是他有生意头脑。有生意头脑，很聪明的人，福报不够，一样做不成。修行，福报很重要。要遇到善知识，也要有福报。能传播正见，也要有福报。能有人护持，也要有福报。哪怕你只想做点小生意，也要有福报。不要说，他运气好，突然

应无所住，而生其心。

发财了。哪有运气好的问题? 都是福报现前而已。

精勤如山王, 不如积微福。有福之人不用忙, 无福之人跑断肠。

改变命运
的根源在这里

印记法则的核心：你给出去的，不管是好的还是不好的，将来有一天都会回到自己身上。你当下经历的一切人事物，都是自己曾经给出去的，回到自己身上罢了。自己是一切的根源，自己是一切的答案。

有朋友会产生这样的疑问："我老公总是看电视看一整天，而且经常这样子，完全忽视我，这已经成为我的心病了。然后我反观自己，我并没有长时间看电视看一整天。为什么我会经历这样的事情呢？"

其实这也是很多朋友的疑问，就是自己当下经历的负面事件，仔细回想自己曾经并没有给出去过，那为什么还会遇到呢？这里我给出一个全新的答案，让你恍然大悟。

种子虽小，但果实巨大，一个西瓜远比一颗西瓜种子要大得多得多。

居上位而不骄，在下位而不忧。

比如说刚才这位女生的疑问，很有可能就是她曾经在某些不经意的时候忽视了别人，种下了一颗颗"忽视"的种子，而这些"忽视"的种子开花结果了，就投射出了一个长时间看电视且忽视她的老公。

如果某件事情发生在你身上，你不喜欢它，那么停止对他人做这样的事情。要想改变还是得从自身下手。

首先，要欣然接纳那个长时间看电视、忽视自己的老公，不要动气，消了之前自己忽视他人的负面种子。然后再有意识地去倾听他人的心声，种下新的好的种子，这样就会逐渐进入一个正向循环。

我们经常经历一些负面事件，但这并不代表我们就是一群邪恶的人。因为我们每天每分每秒都在种种子，而且我们时时刻刻倾向于抱持一些负面的念头。比如说"这个人真是讨厌""我妈真啰嗦"等等。这些看似都是芝麻绿豆的小事，但是每个念头它都是一颗种子。种子虽小，但将来结出的果实巨大，正是这些小种子在控制我们的生命。

你现在经历的负面事件，很有可能就是你曾经的一个负面念头，因缘和合而显化的果实。所以真正有智慧的人都在控制源头：保持觉知，善护念。

当你内心不再焦灼的时候，就是转运的开始。

学会这招，发呆都在积福报

最强有力种种子的方式就是：晚上当你躺在床上，回想自己一天所有利益他人的善行。这也是麦克·罗奇格西创立"安鼎国际"钻石公司时的秘密武器，也是著名的"咖啡冥想"。

有些践行的朋友会这样反馈说："临睡前确实践行咖啡冥想了，但是总觉得有一点吃力。"我想回复你的是："吃力就对了。"这说明你的意识肌肉正在被训练。相反，如果说一个人的意识肌肉总是得不到训练，那么你懂的，临睡前大脑里都只会是一些无意义的、甚至是负面的胡思乱想，毫无价值可言。

我们每个人的人性里面都有一种特别不易被觉察的恶，就是"幸灾乐祸"，不希望他人好。这样最终带来的结果，就是自己在一些关键时刻，总是会出现一些不如愿、事与愿违的情况，这跟每个人的心愿"所

地势坤，君子以厚德载物。

愿皆成"是相背离的。

要想改变, 就要彻底断掉幸灾乐祸的念头, 希望所有人都能如愿, 但是说起来容易, 做起来还挺难的。为什么呢? 因为不经意间那些幸灾乐祸的念头总是会冒出来, 这其实是我们过去串习的不良习气所致, 要想改变, 也是需要被训练的。

给大家一个《小女生职场修行记》作者水青老师分享的非常好的方法, 就是每天躺在床上的时候, 或者临睡觉前, 或者任意时刻默念四句话: "愿我家庭圆满、顺利、平安、吉祥; 愿你家庭圆满、顺利、平安、吉祥; 愿所有人家庭圆满、顺利、平安、吉祥; 愿一切众生都能早日解脱、觉悟。"

不断地重复这四句话, 多少时间都可以。慢慢地, 你的意识肌肉就会被训练成默认利他的模式。再慢慢地, 你就会投射出一个如你愿的世界。

控制自己的意识流向, 这才是冥想的真正目标。当我们通过冥想, 将自己的无意识也调整成利他的模式, 就离成圣成贤又近了一步。

若欲长久利己者, 暂时利他乃窍诀。

不要轻易评论他人的是非功过，因为你看到的，只是业力允许你看到的。

生活处处是修行

只要发心正确，
任何问题都能迎刃而解，
无论是修行，还是生活。

不要在别人对你的评价里停留半秒，
但要在你对别人的评价里修行一生。

做任何事之前，先反问自己的发心

我之前陷入过一个误区，就是，凡事看表象。比如我会认为，骂人就一定是不对的，惩戒别人就是不慈悲……但实则这是大错特错的。分享一则《了凡四训》公案：

从前文懿公吕原刚刚辞去相位，回到家乡，全国民众敬仰他，就如同敬仰泰山、北斗一样。有一个同乡人酒醉之后辱骂吕原先生，吕原先生没有生气，对自己的仆人说："他是喝醉酒的人，不要与他计较。"于是就关上门躲开他。过了一年，那个同乡人犯了死罪被关入大牢。吕原先生这才开始后悔，说："如果当时与他稍微计较一下，把他送到官府责罚一番，就可以通过小的责罚给他一个极大的提醒。而我当时只想要心存仁厚，没有想到竟然助长了他的恶习，以至于落到如今这个地步。"

这个案例已经充分说明，有时候给予对方一些苦头，不代表不慈悲，反而可能是更大的慈悲。同理，劈头盖脸把对方骂一顿，如果你的发心是想要把对方骂醒，这不仅不是恶，反而是更大的善。比如你发心是想要拯救对方，从而"问候"了对方的祖宗十八代，从而让对方觉醒了。我相信，如果对方祖宗十八代显灵的话，一定第一个护佑你，因为你护佑了他的子孙。所以行善，实则是需要高度的智慧与福报。不论是身、口、意的任何行为，最重要的还是这些行为背后的发心，其背后的发心起了决定性作用。

做任何事情之前，先反问一下自己的发心是什么？动机至善，才是一个人精神力量的真实源泉。稻盛和夫深谙其道，所以在每次创业之初，他都会率先思考，自己做这件事的动机是否真的对世人有利？是不是利他行为？此行的动机是否至善、私心了无？一旦确定，稻盛和夫才会安心行动，而每次的结果也都能收获成功。稻盛和夫白手起家，独立创建过两家进入了世界500强的公司，更在78岁时把第三家世界500强企业——日本航空，拉出了巨亏的泥潭，这个记录前无古人，后无来者。

相传宋代名人范仲淹自幼学习非常刻苦，而且志向远大。一次他与一位先生谈到将来前途的问题，范仲淹说："不为良相便为良医。"先生问他的志向为什么这么悬殊，他回答说："唯有良相良医可以救人。"后来范仲淹果然当了宰相，他不但在朝理政，而且还是有名的思想家、文学家。我们今天所传诵的"先天下之忧而忧,后天下之乐而乐",就是他的名言。

周总理小时候也说过:"为中华崛起而读书。"王阳明也说过:"志不立,天下无可成之事。"一切始于心,终于心。你的心在什么层次,命运就在什么层次。只要发心正确,所有的问题都会迎刃而解,无论是修行还是生活。

倚楼听风雨,淡看江湖路。

一股神秘力量在保护你

我最近又看了一遍王阳明传记，我把这次的关注点主要放在了他短暂的一生多次死里逃生的经历上，不禁感慨，有一点玄学的成分在。因为本都是必死无疑的卡点，王阳明怎么就能一次次侥幸逃脱呢？

再举一些案例，比如大环境再差，总有那么一些人是不受大环境影响的，依然可以过得很好。再比如楼上一盆花砸下来了，本来要砸到站在楼下的那个人身上，但是就在花盆快要砸到他的前几秒，他接了一个电话走开了……你能说这种事情没有一股神秘的力量在保护他吗？而且这样的案例比比皆是。

其实人这一生，"平安"它不是无缘无故的，冥冥之中要有非常多的保护力量，才能保护我们平安，那这个力量到底是什么呢？其实是一个人的阴德，也可以理解为一个人的福报。一个有阴德的人和很多人在一起，遇到了同样的逆境，其他人可能就出不来了，甚至就挂掉了，但是他就可以化险为夷，因为他有金钟罩铁布衫，阴德在发挥作用。

新年，每个地方都有祈求平安的仪式或者习俗，而现在你会非常清晰，平安不是求来的，而是自己修来的，当你明白这个道理之后，未来的人生方向都会变得清晰很多。

以我为例，我是一个典型焦虑、负面思考型人格，总是害怕以后会发生不好的事情。比如，我会不会被人陷害啊？我会不会破产啊？我以后会不会坐牢啊？等等等等。提前焦虑，一直都走不出来，谁劝都没用，直到领悟以下智慧，我才是真的从这些阴影里解脱出来。

如果未来我被人陷害了，那被陷害其实只是一个助缘、阳光雨露，种子还是在我自己身上。相反，如果我本身没有那一颗恶的种子，谁陷害我都没用。如果我希望自己未来过得幸福，那么只有猛烈地去积阴德，只有阴德，才会在一些关键时刻跳出来，成为保护我的金钟罩铁布衫。

曾仕强老师预言未来会缺水、缺土、缺粮、缺人……而终其原因只有一个：缺德。所以如果你不想成为那个被缺掉的人，好好补德。积德者赢！积德者胜！

真正有内在力量的人，是不在意面子的。

陽明先生小像

我的真面目：脏话连篇，爆粗口

现在有些人叫我"小焓老师"，我都是拒绝的，因为"老师"这两个字，我是真的担不起。做博主几年过去了，出了那么多内容，其实这是一场关于我本人的"自我疗愈"之旅，每遇到一个痛点，对治一个痛点，再把我对治的方法分享出来，仅此。所以我根本不是什么老师，更不是什么有文化的人，仅仅是一个"自我疗愈"的分享者。

而现在有很多朋友，只看到了我展示出来的形象，就单方面把我定义为"修为很高的人"。对于这个情况，我只能说这中间出现了较大的认知偏差，因为你们只看到了我在镜头里的一面，而生活中我最私密的一面你们是没见过的，我今天就要把我最私密的卑劣分享出来。

在生活中，不管对方是谁，如果不可理喻到一定程度把我逼急眼了，恰好我那会儿又忘失觉知，没有意识到一切都是我意识印记的投影，我是会爆粗口、骂脏话的，甚至问候对方祖宗十八代，恶口的程度令人发指。

这就是我的最低处，极度的恶口。其实我一直能意识到这个问题，但是习气这个东西真的很难改。平时都好好的，但是极其恶劣超出我三观的对境来了，又开始脏话连篇了。前几天元旦，到了后半夜我还没睡着，我就想着，新的一年，我要彻底改掉我的脏话连篇，不管外境显现的对境多么恶劣，脏话连篇是解决不了任何问题的，我一定不能再骂脏话了，而且我要赎罪。

怎么赎罪呢？方法分享给大家：从今天开始，我们各自回想一下各自的一生。你恨的那些人，你放不下的那些事，你都把他们定义为有罪，但是如果你真的想赎罪，你就得在你自己的心里把他们的罪一一地赦免，只有这样，你的罪才有被赦免的机会。

从当下开始，不再爱恨情仇你过去的爱恨情仇，学会忘记，忘记以前所有的爱恨情仇，忘记以前的痛苦，忘记以前的罪业，重新地获得新生，以一个新生儿的心态来面对接下来的每一天。

愿我的坦诚相待，能换来你的痛定思痛，真正发心去改掉一项自己的恶习。

懂得拒绝，不刻意讨好，反而能获得更多尊重。

亏损失败自取受，利益胜利奉献他。

提高心量，
根源在这里

　　现在有很多人已经意识到了，自己的心量确实很小、心胸狭隘。也想要扩大一点，但是做不到，每次想要拿点钱去做捐助的时候，那个不舍得呀。你之所以这样，根源是因为"不明理"。

　　不明理的人，就会觉得，自己捐助了就失去了，自己本来就没什么钱，一给出去，不就什么都没有了吗？这就是典型的"迷惑颠倒"。而真相是：予非失，乃存也。什么意思？你给任何人钱，其实都是在存钱，"付出"其实是在"得到"，"得到"其实是在"失去"。

　　比如说你捐助了，看起来是失去了，但是实际上你得到了更大的福报，而一切都是福报的变现，未来你只会变现更多。而当你得到时，看起来你是得到了一些物质上的东西，但是实际上你失去的是你的福报，因为一切的得到，都是自己福报的变现。

人生没什么不可放下。

现在很多人结婚，一下子得到了好多钱，得到了大房子，就感觉自己的人生已经到达了高潮，真的到达了吗？福祸是相依的，实际上是兑现了自己的福报。当我明理了之后，我一般都是主动出击，去做那个发红包的人，去做那个捐助的人。

那有人会问："别人给我什么都不要接收了吗？"其实是这样的，得到确实是在失去，但是你调整自己的发心，为成全别人把自己变成福田让别人来播种，欣然地接纳别人的给予，这其实是更大的福报。

有一对夫妻，他们年轻的时候就赚了一大笔钱，于是便提前退休了。退休了之后闲着没事做，就到处去做好事、去做捐助。但是到目前为止，他们不但没有因为做捐助把自己掏空，反而越来越有钱。

国内有一位讲国学的老师，他也是这样，自己的心思平时基本都放在了做慈善做捐助上面，但是自己从来没有因此而变穷，反而稀里糊涂挣了很多钱。

再分享一个"道"的奥秘：去分享你自己最不舍得的东西，分享自己最好的东西，就会得到最好的回报，这种回报妙不可言。

以恕己之心恕人，以责人之心责己。

一念一心田

你们知道为什么古人把"心"称之为"心田"或者"心地"吗?

因为人一动念就在"心"上留下了印记,或者说播了种子。王阳明说过这样一句话:"一念发动处便是行。"

念头分为三种:善的念头,恶的念头,无善无恶的念头。

"善的念头"升起来,就相当于你在自己的心田上种了鲜花;"恶的念头"升起来,就相当于你在自己的心田上种了毒树;"无善无恶的念头"升起来,就相当于你在自己的心田上种了杂草。

种子种下去了,之后随着光合作用都会开花结果的。所以你未来的生活是否会幸福美满,最简单的判断方法之一就是,你问问你自己,你每天升起的是善的念头多,还是恶的念头多。如果是善的念头多,就是

最成功的人,应该是利益他众者。哪怕只能利益一个人。

每天在自己的心田上种花，那你的未来将如花一般，反之……

意念是可以被训练的：

每当自己身上发生什么好事的时候，把这种好事的种子继续扩大。比如你昨晚睡了个好觉，你就可以在心里祈愿，愿所有人、所有动物都能睡个这么好的觉；比如当你赚到钱的时候，你就可以在心里祈愿，愿所有人财富圆满；比如当你看到了美丽的风景，你就可以在心里祈愿，愿所有人都能看到如此美好的风景……其他以此类推。

一切福田都离不开"心地"，哪怕你单单只有一个善念，也绝不要小看它，这值得赞赏，因为所有的小水滴，都会汇集成广阔的大海。不积跬步，无以至千里。同样，不积小善，无以成大德。

当你看见山，你已在山之外；当你看见河，你已在河之外。

当你能看见自己的任何情绪，你就已在情绪之外。

你就是自己的观察者，这就是觉。

让别人有所得，即是修自己的德

　　我之前得过严重的焦虑症，所以我体验过那种地狱般的感觉。其实很大一部分焦虑来自于"算计"。算计自己的得与失，付出了如果没得到相应的回报就恨，恨得自己胸口疼，算来算去把我自己给算进去了。应了曹雪芹给王熙凤的判词：机关算尽太聪明，反误了卿卿性命。

　　直到接触了两句圣贤教言，我才彻悟，一句是"人算不如天算"，另一句是"天之道，损有余而补不足"。

　　什么是"人算"呢？就是自己天天算计自己的得与失。什么是"天算"呢？就是你根本不用费尽心思去算计，自然力会通过各种渠道、方式匹配给你与你德行相匹配的一切人事物。

　　所以算来算去，除了让自己焦虑，还有什么意义呢？天天算计并不能让自己的生活好起来。因为得到的都是与自己的德行相匹配的，但凡得到的超出了自己的德行，那么天道就会"损有余"，通过各种你无法抗拒的方式收走，比如败家子、医药费、亏损……

而那些开智慧的人，根本不会花心思去计较眼前的得与失，你多拿点就多拿点了，谁愿意占点就占点吧。可到最后，这样的人不仅内心淡然平和，而且过得越来越好。为什么呢？因为天道是"补不足"的，你的德行本该匹配这些，却被别人占走了，那自然力就会通过其它各种渠道、方式再补给你。

一切都是平衡的，你现在得到的一切，都暗合自己的德，你算计或者不算计都改变不了任何。

所有的过错要归咎于自己，所有的利益奉献于他人。对任何一个人，随时都要有感恩之心。你的境界、财富再了不起，也应该有一种自我监督和自我批评的态度。让别人从我们这里有所得，就是在修我们自己的德。(根据自己的心量朝这个方向努力即可 无任何PUA ^.^)

你要感恩那些让你起情绪的人事物，因为这就是修行的契机。

未知全貌，不予置评

据说曾经在一个村落里面住着一个禅师，他德高望重，大家都对他非常敬仰。但有一天，村里有一个少女未婚先孕了，家里人就追问她孩子的父亲是谁，少女由于种种因素不想说出孩子的父亲是谁，就随口说是村里的那个禅师。

然后村民们就到禅师家里去唾骂他，向他吐口水。面对不实的谩骂和指控，禅师只说了一句话："是这样的吗？"此后就没有人再理会禅师了，村民们偶然看到他都是投以鄙视的眼光。

之后少女生下了孩子，少女的父母亲就把孩子带到禅师家，说："你的孩子你自己养。"禅师还是说了同样的话："是这样的吗？"然后接过孩子，就开始抚养了。

后来少女的父母亲发现少女和一名少年屠夫关系密切，百般追问后才得知孩子的真实父亲正是这个屠夫。真相大白之后，村民们又集合在禅师家门口向禅师道歉，并且要抱走孩子。禅师依然只说了一句话："是这样的吗？"

还有一个女人很命苦，丈夫早早死去了，两个儿子也得了癌症离她而去，她一个人孤苦伶仃的，于是她决定去投奔她失散多年在外地的姐姐。而她姐姐一听到她要过来，非常反对，直接严词拒绝了。但她还是到了姐姐所在的城市，可姐姐也只是见了她两次，都没邀请她回家坐坐。

如果故事到此为止，你会作何评价？

但你知道为什么姐姐会这样呢？原来之前每次见面，妹妹都觉得姐姐欠了她的，因为姐姐嫁得比她好，她每次和姐姐见面都要挖苦姐姐，嫌姐姐没有最大力度地帮衬自己，还认为自己嫁得不好都是姐姐克的，还向姐姐理所应当地要钱。有一次口气更大，让姐姐不要一次只给她一个月的了，要一次性给她五年的，因为她不确定姐姐家还会有钱多少年……

以上两个故事充分诠释了一句话：未知全貌，不予置评。所以不要轻易地去论断他人，因为很有可能我们看到听到的只是冰山一角，再加上我们每个人的认知都不一样。就像《杀死一只知更鸟》里面写的：你永远也不可能真正了解一个人，除非你穿上他的鞋子走来走去，站在他的角度思考问题。可当你真正走过他走过的路时，你连路过都会觉得难过。有时候你所看到的，并非事实真相，你了解的，不过是浮在水面上的冰山一角。

与人交往时也应该注意，给别人留一些空间。不要以"我是好心"为理由，给别人加很多条条框框。适合你的，不一定适合他。

人只有静下来，才能想清楚自己该做什么。

修心多年，最大的收获

早几年，我也有过同样的卡点，就是在面对一些水逆不顺的时候，我就会抱怨："我行善积德多年，怎么还会遇到这么糟心的事？"其实这是一个非常错误的见地，就是认为自己修行之后，接下来的日子一定会越来越好，不应该出现任何不顺。

祖师大德都有水逆，比如本焕长老、王阳明、星云大师……他们的水逆更严重，何况我们这种无德之人。我们要建立正确的见地，就是在修行之后还会遇到各种水逆，这是由于自己过去种下的负面种子所致，和自己当下的"播种幸福"无关。而自己当下的"播种幸福"会在未来的某一天成熟显化，这是两条不同的线路，不相干扰。

每个人都有一个业力之轮，它就掌握在你自己手中，没有其他人为你做记录。当你的身语意有所动作的时候，业就会被记录下来，随着你的心识之流，不停地流动。从你出生的那一刻起，业力就紧紧地跟随着

平静以致远，平静才是最大的爱。

你,别人只能为你指引方向,但无法改变你的业力,只能由你自己来承担。每个人要对自己的境缘承担起100%的责任。

你一切的经历都是本该经历的,遇到的人都是本该遇到的,一切的发生都是必然。你遇到的每一个人、每一件事情,不管是对你好的,还是伤害你的,都是你命运剧本里本该出现的,根本躲不掉,没有无缘无故的事情。这即是"行有不得,反求诸己"。

这些年经历过"千刀万剐"之后,我发现,人的心一旦平静下来,外境不管变不变,其实也影响不了自己什么了。比如面对一件水逆的事情,在你修心之前你就会陷进去,甚至会因此而烦躁地吃不下睡不着。但是在你修心之后,同样再面对这件水逆的事情,你的心可以不为所动,你该吃吃该喝喝该睡睡,那么这件水逆的事情实则就对你产生不了什么太大的伤害。

原来你会受到多少伤害,取决于你动心的程度。不是风动,也不是幡动,而是你的心动了。

这项修心陪练，免费！

前几年我了解过一种修心课程，学费要好几个w，其中有一个特色环节：会设立不同的磨难关卡。期间会安排各种陪练来刺激你，只为训练你如如不动，练就一身"不动心"的本事。这个环节的设计是在道上的，毕竟心不动万物则不动。而且忍辱也好、打开心量也罢，也都是需要有对境的。

其实这笔学费可以省，你现实生活中的那些烦恼、麻烦、小人……这些不都是真实的对境吗？还免费，不需要花几个w去上课。现在改变认知，把生活中一切的不顺水逆全部当作"陪练"来对待。小修在深山，大修在人间，生活就是最好的道场。如何处理跟另一半的关系、如何处理跟同事的关系、如何处理跟孩子的关系……这本身就是在修行。

无论你遇到了什么难题，其实最终都是你自己能解决的，老天不会给你一个让你背不动的包袱，你所经历的痛苦也都在你承受范围之内。

宁静无烦恼，是为最吉祥。

比如你月薪几千就绝对不可能像"负豪"一样负债上亿；比如你是一个小职员就不会像管理层一样争斗得头疼……我们每个人遇到的一切都与自己的能量层级相匹配。要想提高自身能量层级，最根本的方式就是通过一个个生活给予的考试，每一次水逆就是一道考题，你考过了，能量层级就升一级，考不过，就只能停留在原地。

我找到了一个快速考过的方法，特别玄妙！只要在水逆来临时，你能跳出你自己，意识到本次的水逆只是一道考题，那么你根本无需解题，就已经通关了。反之，你陷入本次水逆，意识不到它其实是个考题，那么不管你怎么解，你都只能卡在这一关。

烦恼每出现一次，你就被训练了一次，烦恼越大，对境越殊胜，背后等待你的福报显现也越大。心念彻底一反转，一切都不一样了。现在大多数人根本看不懂天道，对自己好的人未必能够成就自己，而那些伤害自己的人事物，才是能助力自己最终成就的如意珍宝。

比如说，有些人能量层级提升后，反而在单位被穿了小鞋，最终导致自己被开除，不明理的人就将此定义为苦。而真相是，这个单位已经无法匹配他当下的能量层级，而给他穿小鞋的人，实则只是一个助缘，引领他步入与他相匹配的能量层级。再比如说，有些从事杀生工作的人开始行善积德了，结果生意反而一落千丈，这实则是天道对他巨大的眷顾。

善不积不足以成名，恶不积不足以灭身。

一句话
瞬间帮你打开心量

学了传统文化之后，我们已经彻底明白了：己欲获得，先助他人。利他才是真正的利己。这个世界上所有的快乐，都来自于希望别人快乐；这个世界上所有的痛苦，都来自于只希望自己快乐。爱出者爱返。

但在现实生活中去践行的时候，还是很容易出现各种卡点。比如传统文化说：布施，是财富真正的因。但当你真的去践行布施的时候，那些"小我"又冒出来了，"我自己都快没钱了，我还要给出去？"再比如，当你有能力去成全他人的时候（弱者拆台、强者补台、智者搭台），这本是一件播种幸福的善事，但是在落实的时候，你心里可能还会有一点不平衡。这实则是我们每个人过去串习的私欲习气所致。

这种私欲习气主要是指：悭贪。如果你经常有占便宜的心，老是想着从这里拿一点，从那里拿一点……就说明你内心很匮乏，这就是贫穷

人生承受能力有多大，自然力给人的福报就会有多大。

的因。从"相由心生"的角度来看，这种心理状态易感召贫穷的生活环境，有相应的心理，就会有相应的境缘。要想感召富足，必须调伏悭贪的心理状态。而对治悭贪最好的方法就是：给予。不去占别人的便宜，不但不占人便宜，还要去付出。同时，看到他人付出就开心，看到他人偷盗就规劝。而且千万要注意，要教导孩子从小学会以富足的心态对待一切，特别是对待公家的东西、公用的东西，一定不要有占便宜的心。

很多人想要求财、求富贵，很努力地做各种各样的工作，早出晚归却也赚不到钱，这并不是因为你没有能力、不够努力，而是因为你以前没有财富的种子，所以虽然你很努力，但效果也不好。我们也看到社会上有很多人不努力照样很有钱，那并不是因为他们运气好，而是因为他们过去积累了很多财富的种子。所以，你祈求财神，不如把自己先变成财神。其实财神就像西方的圣诞老人一样，是到处去送礼物的人，是到处赐予财富的人。当你把匮乏的心态调整为知足、慷慨的模式，并且以一种富足、慈悲、开放、包容、利他的心态去面对这个世界的时候，你会看到这个世界发生了变化，你会处在一个富足的世界里面，你会变得越来越丰富，人生就会进入一个良性的循环。相反，如果你一直保持匮乏的心态，就会一直处在负面的恶性循环里，匮乏的心态只会导致更加匮乏。这样的话，哪怕"财神降临"也帮不上你什么忙。

三日不读圣贤书，面目全非；一日不思圣贤教言，烦恼纷飞。对于

低谷期，是上天给你重生的机会。

善知识不仅要时常熏习，更要去做。知道，是没有力量的；知道并做到，才有力量。以富足的心态不断地去利益他人，哪怕点点滴滴，每天去做一些利益他人的事情，钱也好、物也好、食物也好……在你的能力范围之内，尽量去利益到你能触达的每一个人。当你这样做的时候，其实你会很快乐，甚至体会到"施比受快乐"的高级喜悦之感，同时你会越来越富足。慷慨富足的心态会带来更多的富足。这就是在培养一颗"富贵心"，而且如果你能持续这样做，从本质上来看，你已经变成了财神，因为你在"施予众生"。

做博主以来，我推火了一些善书，这些书在全网的销量都得到了提升，但是钱都不进我口袋的。对此，我妈还有点想不开呢。然后我就告诉她："推荐这些书的价值，是金钱无法衡量的，很多人会因为看到这些书的内容而受益，这也是变相种下了布施智慧的种子，而布施智慧又是迅速积累福报的方式，而这个世界的规律又是福报决定一切，这是用多少商业公式都无法换算的！"我妈好像还是似懂非懂。

然后我直接放大招对她说了一句话，她瞬间好像被打通了任督二脉。当你在践行利他行为时，如果遇到了卡点，也请想起这句能量极强的箴言：若欲长久利己者，暂时利他乃窍诀。

人生平静接纳一切，就是真善。

切忌「一屁打过江」

其实修得好不好的标准不在于你读了多少经典，也不在于你是否能出口成章，主要检测方式就是王阳明倡导的事上磨练，在面对一些逆境、磨难出现的时候，你的心是不是还能保持平和。按照这个标准，其实大多数人都是"一屁打过江"。

何为"一屁打过江"？当年苏东坡写了一首诗：稽首天中天，毫光照大千。八风吹不动，端坐紫金莲。他感觉自己写得挺好，让侍者马上划船前往金山寺拿给佛印禅师看，佛印禅师看到后直接说了两个字：放屁。苏东坡知道后，马上去金山寺找佛印禅师兴师问罪，结果发现金山寺大门紧闭，留下了一行字：八风吹不动，一屁打过江。苏东坡瞬间恍然大悟，羞愧低头，"哎，还是得修！"

要想对治"一屁打过江"，就要去突破那些让你感觉不舒服的人事

良心，是唯一不能从众的地方。

物，比如你最讨厌听到的某句话、某个挑衅、某个鄙视的神情……为什么要因此而生气呢？即便是那些圣者，一生中也要忍受许多的非议和诽谤，何况我们只是普通人。作为凡夫，我们不可能解决生命中的所有问题，对于那些你必须面对和令你感到痛苦的事情，只要保持觉知就可以了。

正念之道的核心就是：不论你在做什么，都要保持觉知。如果你能够保持觉知，你的情绪障碍就会消失。当你感到快乐时，不要陷入快乐当中；当你感到悲伤时，也不要陷入悲伤当中。不论内心升起什么样的情绪都不要担心，只要觉知它就好了，不要被情绪带走。

试试看去体验让你不舒服的感觉，对它保持觉知，和它待在一起。体验过后你就会发现，那些不舒服的感觉是纸老虎，它并不能把你怎么样。并且很快我们就会明白，所有的情绪其实都来自于我们的念头，除此之外没有别的。而一旦自己能够去觉知那些导致情绪产生的念头，就能摆脱它们的控制。然而，所有的念头其实都来自于过去或未来，而任何关于过去或未来的念头，都只是在白白浪费你的时间。只有安住于当下，内心的正念才会越来越强。

要不断加强自己的觉知能力和专注能力，有知有觉地过日子。在行住坐卧的任何时刻，都要试着保持觉知。

学做一个摄影师

　　分享一个真实案例，会让你的思维顿时打开。有一个女生，她有机缘学习了《了凡四训》的智慧，她清晰地了解到，行善积德、忏悔改过可以改变命运。于是就开始非常猛烈地去践行，她只要有时间，周末就去寺院做义工，欢喜地坚持了一年之后，结果发现她的男朋友竟然出轨了，并且和别的女人闪婚。

　　她就有些崩溃，怎么会这样呢？她产生了质疑，"不是行善积德可以改命吗，怎么我现在反而被出轨了这么惨……"结果不到半年，她这位前男友竟然因为犯罪被抓进去了。这个时候，女生才恍然大悟，原来没能和这个男生在一起，正是她福德的显现。

　　还有一个朋友，他践行传统文化以后，突然间生意差得一塌糊涂，公司面临倒闭，最后员工天天上门要工资……他只能被迫转行了。没想

　　你越想控制什么，就被什么控制。

到，转行之后他成为了新行业的佼佼者，而他原来的那个行业也整体被社会淘汰了。他现在恍然大悟：原来他老公司的倒闭是另一种福德的显现。

再以我为例，曾有段时间我比较惨，感觉很痛苦，也是因为这个契机，经善知识指点去了宁波阿育王寺。结果去了阿育王寺，我才了解到，原来绕塔有那么多好处，我的天！然后我就发心，让更多人也能去阿育王寺绕塔，种下一些正向的种子。现在我反应过来，如果没有那会儿的惨，我也不会有机缘推荐千年古刹阿育王寺。

借此分享一则阿育王寺的故事：

宋代阿育王寺有一僧，想维修舍利殿，想到沂亲王有势力，就去化缘，结果亲王所捐无几，该僧悲愤至极，用斧子在舍利殿前砍断自己的手，流血而死。即时，沂亲王家生了一个儿子，嚎哭不止。奶妈抱着他走动，走到挂着的舍利塔图前面就不哭，离开又哭。于是把图取下来，奶妈常拿图对着他，这样就再也不哭了。

亲王对这件事感到奇异，就派人到阿育王寺询问化缘僧人的情况，知道僧人就在他儿子出生那一天，断手流血而死。亲王于是独立出资把舍利殿修好。

亲王的儿子二十岁时，宋宁宗死了，没有儿子，就把亲王的儿子过继给他，当了四十一年皇帝，这个皇帝就是宋理宗，他就是这位阿育王寺僧的后身。

财富自由唯一的标准：安全感真正得到满足。

最后再给大家一个顿悟，好多人找我诉苦："自己真的是罪业深重，现在恶果现前。"对此，我只想反问一句："你确定是恶果吗？"我看不见得，为什么呢？在经历你定义的恶果时，你一定会以各种方式寻求自救，那么在寻求自救的路上，你经历的一切、体验的一切、获得的一切、精进的一切，这实则都是上天在用苦难的方式，指引你去拆开更加丰盛的礼物啊！

当情况发生的时候，永远要试着从另一个角度去看。一个人应该像一个摄影师，总是在寻找不同的角度。

你必须要拥有很大的福德，才能遇见那个叫醒你的人。

很多人，low而不自知！我来道破

我刚毕业在职场上班的时候，每天都是和同事一起去饭店点菜吃饭，然后AA制付钱，每一顿饭前我都会拍一张照片，再假装不经意地发朋友圈，几乎每天都发。直到有一天，有个熟人在我朋友圈下面留言："你怎么每天都吃这么好？"就是这句话，触达了我当时内心的痒点，我发朋友圈的目的达到了，我就是想炫耀一下自己每天都吃得很好。

当时的我根本意识不到自己的行为有多么low。包括近半年，我竟然觉知到自己有时候在与他人交谈时，会不经意间提到自己认识一些有名望的人。虽然是真实的，但当我深刻内观时，发现有点攀援，性质和我多年前"炫耀自己吃得好"也没啥区别。你也别急着嘲笑我，现在有多少人正重复着类似的行为而不自知？问问自己的灵魂。

　　这些其实都是自卑的表现，而想要变得自信，首先你要清晰：基于外在的自信还是很虚的，因为无常。那真正的自信是什么呢？真正的自信是道德自信。正气存内，邪不可干。我善养吾浩然之气。唯有坚定不移地提升自己的道德层级，才是获得自信的真正源泉。而且一旦你发心致力于在道德上努力，之后你就会明显感知到，自己不管是说话还是怎么样，底气都会比较充足。

　　上善若水，水善利万物而不争，处众人之所恶，故几于道。水往低处流，但滋养万物。如水一般，这个世界其实很颠倒，你把自己放得低低的，你的位置就会高高的；你把自己放得高高的，你的位置就会低低的。记得一定不要炫耀，哪怕字里行间不经意透露出一些优越感都不可以，永远要保持真正的谦虚低调，不然在现在这个时空点，会"死"得很快。

　　其实自卑和傲慢也是一回事儿，所以说不卑不亢。看一个人是否谦虚，不要听他怎么说，关键看他在生活中的为人处世，他是怎么做的。一个有傲慢心的人是承载不住福报的。浮露而不深沉者，其寿不永。

　　你要克服的是你的虚荣心，是你的炫耀欲。你要对付的，是你的时刻想要冲出来，想要出风头的小聪明。

不受他人眼光所左右，你将获得无限的力量。

学会这招心法，你天下无敌

很多人是有大福报而不自知的。举个例子，有个粉丝对我说："我太没福报了，一直很惨，想要疗愈一下，去宁波阿育王寺绕绕塔吧。"

天呢！我心想，这还没福报，你以为谁都有机缘去阿育王寺绕塔啊？他所谓的惨，实则是在另一个维度引导他，你发现了没？

反正我每一次的人生转机，都是在遇到了一个超级痛苦的对境后发生的。如果你当下正在经历痛苦，那么真相是：凡是让你受苦受辱的，后边都会积累成一个特殊的礼物给你，小辱小礼，大辱大礼，能忍大辱者必有大福。

回归生活，如果有人正在给你制造痛苦，你知道他是你生命中的什么人吗？他是你的人生教练，也是你心性的考官，因为有他给你制造痛苦，你才会有强大的动力，不断地突破自己的安全区，改变自己，寻找

你眼中的别人，才是真正的你。

新的人生转机，等你心性升级之后，给你制造与之对应痛苦的人就消失了。真的是这样，我回想过去给我制造过痛苦让我升级的人，现在都失联了。

有人反驳说："可是给我制造痛苦的人还在折磨我呢，这是怎么回事啊？"这说明这个教练还有很多东西要教会你，而你目前并没有学会，在你学会之前他是不会消失的，等你学成的那一天，不用你赶，他莫名其妙就消失了。给你制造痛苦的人，同样要消耗心力的，别辜负人家，早日学成。

那怎么样快速学成呢？秘诀在于：不要把给你制造痛苦的人当成敌人，要明确，他是你的人生教练，并且不对他升起任何嗔恨心，如果能做到，还要去祝福他，那么可能一瞬间你就学成了。

命运要你成长的时候，总会安排一些不顺的人和事来刺激你，当你过往的观念崩塌重建的时候，你就长大了。

真正厉害的人，是天下无敌的人，那什么样的人是天下无敌的人呢？答案是：心中没有敌人的人。

分享一段"无敌"冥想词：

愿我无敌人。愿我无危险。

愿我无忧恼。愿我恒时身心安乐。

愿你无敌人。愿你无危险。

愿你无忧恼。愿你恒时身心安乐。

愿你们无敌人。愿你们无危险。

愿你们无忧恼。愿你们恒时身心安乐。

愿一切众生无敌人。愿一切众生无危险。

愿一切众生无忧恼。愿一切众生恒时身心安乐。

关系的本质：允许他人，如其所是。

临睡前这样做，转运！

"猛烈布施，没事找事，自讨苦吃"，这是近期我大力倡导的福报提升法则，也许有人会反驳说："不是要随缘吗？"那我告诉你，随缘不是不作为，而是努力地顺其自然，努力地顺势而为，而不是拿随缘当借口，躺平不作为的，最后随缘随得黄花菜都凉了，终其一生碌碌无为。

先说一下"猛烈布施"。比如有些人问我："为什么我也开始日行一善了，每天捐一块钱，已经坚持三个月了，但是我的生活还没有什么改变啊？"先抛开你发心的问题和播种的时间差，布施的额度可以在心量范围内去提升，尽可能地再猛烈一些，如果能做到的话，把额度的单位提升到千或者万。切记，要对准三大VIP福田（恩田、悲田、敬田），福田越肥沃，种子生长越茁壮。（前提是先确保自己的生活）

那为什么要"没事找事"？现在人普遍福德浅薄，已经没有那么多随缘的机会给你了，所以你要"没事找事"。一个很好的方法，就是每天早上起来就要开始思考："我今天能利益到别人什么？"同事、外卖小哥、保安大叔……哪怕你想到没做到，意识田的种子也已经种下了。有一本好书叫《寿命是自己一点一滴努力来的》，那我告诉你，福报也是自己一点一滴积累来的。

至于"自讨苦吃"就很好理解了，比如做义工，提前主动吃苦、干脏活累活，把以后要吃的苦提前给了了。

很多香港富豪都知道这个原理，他们的孩子从小确实在享受好的生活环境，但同时他们会让孩子去做义工，去做善事积累新的福报，形成一个良性循环。

这三个步骤完成之后，临睡前躺在床上，回想今天所有你给予他人的帮助，为之而欢喜。当我们身心放松，满足于自己为他人所做的善行，这时所种下的种子威力是巨大的，这跟骄傲无关，但我们乐在其中。

去践行吧！做，才是得到。

一个人心灵越宁静，智慧越高，预知能力也会越强。

德者本，财者末

所有不以布施为前提的求财，都是耍流氓。

把自己的焦虑烦恼先放一放，
把精力倾注在能为这个世界做点什么，
能为别人做点什么。

无私分享：财富秘籍

想要发家致富之前，先要把人了解明白，知道人到底是怎么一回事。

我一般会把人比喻成一棵大树，因为人的原理与大树的原理实在是太像了。如果说你现在养了一棵大树，你想让它茁壮成长、枝繁叶茂，你应该怎么做？你是不是应该去滋养这棵大树的树根？是的，要在这棵大树的树根上努力，给它浇灌、施肥。把树根滋养好了，慢慢地，它就成长得枝繁叶茂了。

我们人的德行、福报，就相当于是这棵大树的树根，我们能拥有多少财富，拥有多高的地位，就相当于是这棵大树的树叶。

你如果想要一棵长得枝繁叶茂的大树，就应该在它的树根上努力。那么我们人也一样，你想要拥有财富地位，也要在根本上努力才行。这个根本就是你的德行、福报，你把你的德行、福报提升上来了，自然就枝繁叶茂了，财富地位都是随着来的东西。所以有一句话说："钱不是赚来的，钱是修来的。"这个大树的原理已经诠释得很明白了。

也许有人会有疑问，说："我看到现实生活中很多人，他们好像也没在德行上、根本上去努力啊，怎么也赚到钱了呢？"他们消耗的是自己曾经积累的福报，如果说他们现在做的行业是不正当的，那么同时又是给自己种下了负面种子，等到他们曾经积累的福报全部都消耗完了，负面种子又现前了，受苦的日子就到了。

还有人说："那么我就整天什么工作都不做了，天天去做好事儿不就完了嘛。"那你这不又理解偏了吗？致中和，天地位焉，万物育焉。你该做什么都去做，什么财务、产品、运营……该工作工作。但是你要知道这些都只是助缘，不是最根本的东西，最根本的东西还是你的福报。把你的福报提升上来，再搭配这些助缘，你就会得到你想要的财富地位。

如果有一天，当你倾力做一件事情不是为了赚钱，而是因为热爱它、喜欢它，并想用它来造福更多的人。那么，财富自然会滚滚而来，幸福更会与你如影随形。

当浮躁的杂念下降，才有机会看见内心的光明。

布施必将获得，道上人都懂的秘密

以下分享《历史上最伟大的赚钱秘密》这本书作者的一件真人真事：

几年前作者的妻子得癌症去世了，留下了两个孩子要养和很多账单，但是他已经落魄到连给家里人买食物的钱都不够了。有一次他身上只有4美元，他准备去超市买食物，在去超市的路上，他看到路边暴晒的阳光下，有一家三口正目光绝望地在乞讨，被午间酷热的阳光蒸烤着，只为一口食物。

作者盯了他们许久，非常想给他们一些钱，但是他自己也只有4美元，如果给了的话，自己就没钱买食物了，于是他带着负罪感和对自己的悲哀，痛苦地离开了。但是在离开的路上，那一家人忧伤的眼神一直徘徊在他的脑海里，他再也无法忍受这种负罪感了，就好像他能亲身感受到那一家人的痛苦一样。于是他掉头回去了，给了那一家人2美元，那一家人含泪向他感谢。

这一次离开的路上，虽然他只剩2美元了，但是他非常喜悦并且为自己刚才的行为感到骄傲。他停下车准备先少买点吃的，但是没想到就在他迈出车门的那一刻，他脚一滑！竟然发现地上有一张崭新的20美元！他简直不敢相信，赶紧用敬畏心将它捡了起来，去超市买了自己需要的食物，然后又布施出去了5美元。

听到这里，也许很多人会觉得很玄妙。其实刚才那位作者的做法就是给自己种植了一个无所求强有力的财富印记，所以得到了迅速的显化。布施，而不要期待回报，但是要坚信，回报一定会从某个地方来到你的面前，并且回报的数量会超过你的施予。

记得曾经有个朋友对我说："每天临睡前都要算一下今天挣了多少钱，够不够生活开销，哪有心思去学什么圣贤文化，你站着说话不嫌腰疼。"其实这句话很有代表性，现在大多数人都是这个认知，很让人心疼，很可怜，不明真相，每天把自己累死累活削尖了脑袋向外求财，结果也求不到啥。

而真相是，你只要一边做好当下的该做的事，一边坚持动机至善地去向VIP福田（恩田、悲田、敬田）布施，种财富印记，慢慢地随着时间助缘"配合"，金钱的显化路径自然会呈现给你，有可能是一份更好的工作找到你了，也有可能你会得到一笔意想不到的外财……通道很多很多，超出你的想象，你可以很轻松地挣到钱。

积聚少量的福德，胜过动用九牛二虎之力来赚取钱财。如果你以前没有积聚善业，你无法仅仅透过努力就致富。春秋时的范蠡，在越王复国之后，就开始做生意，结果发了财，发财后就把钱财统统布施出去，再从小生意做起。过了几年又发财了，然后又布施出去……三散三聚。因此，中国古代供的财神是范蠡，他是修行财富的典型人物。他的案例也充分诠释了什么是：千金散尽还复来。同时我们也要学习范蠡，趁自己有福报的时候，要种下更大的福报。

布施就会得到。布施时间，你将收获时间；布施产品，你将收获产品；布施爱，你将收获爱；布施金钱，你将收获金钱。

把目光放回到自己身上，是最聪明的活法。

若要成为富有的人，

首先必须去践行布施，

否则无法如愿。

若未践行布施，

再如何用尽全力折腾，

皆无法致富。

布施有私心，不丢人

　　布施，是财富真正的因。现在但凡升起正见的朋友都已经开始做各种布施了。这时候出现了一个问题："每次需要布施多少，需要把我的钱全部布施出去吗？"

　　我分享一个麦克·罗奇格西在某讲座上的回答："在那些古老的经典里面说，要把你所有的财富都给光，如果你真的想要变得非常有钱的话，你要把你的钱给光才行。可是我从来不在任何商业研讨会里讲这件事情，只会对他们说'给一些就好了'。为什么？第一个原因是因为你不可能做到百分之百；第二个原因更重要，永远不要超过你的承受能力。"

　　比如你帮别人照顾孩子，你帮忙照顾一个小时是可以的，你很欢喜。但是让你照顾五个小时，你就有了烦恼心，而这个烦恼心也同时会摧毁你帮别人带孩子五个小时的福报。布施也是同理的，所以布施多少金额呢？答案是：在你自己心量承受范围内。你心量范围内的金额是多少，就布施多少。

现在只要一提到布施，就会有一些酸的评论："你这是有所求的，你布施是为了得到，你不纯粹……"其实但凡有正见的人都会知道无所求的布施会带来最大的福报，但我们都还只是凡夫，并没有成圣成贤，做不到无所求也是正常的，比如我自己也做不到完全无所求。而且在生活中，我几乎也没见过谁布施是完全无所求的……只能说，慢慢降低私欲的比例，一点一点调整发心，去践行即可。

如果因为自己暂时做不到无所求，就不肯去布施了，这才是最可怕的事情。所以那些酸的评论是非常伤人慧命的，看到别人布施应该是鼓励、随喜，而不是冷嘲热讽。

借由福德的力量所实现的目标，将如阳光般不依赖任何事物。借由努力所实现的目标，将如油灯的光亮般要仰赖众多事物。

能改变自己的都是神，想改变别人的都是神经病。

如何种财富福报？

《大学》里讲过：德者本也，财者末也。这个"德"指的就是人的福报，"财"指的就是福报的显化。所以你能挣到的每一分钱都是你福报的显化，你挣不到你福报之外的任何一分钱，没有福报，一切皆枉然。

以下分享种财富福报的方法，分为内在和外在：

从内在的角度，不需要你多花一分钱，只要在你本该花每一笔钱的时候，持有慷慨的心态即可，这就是给自己种了一个财布施的因，一个慷慨的因。举个例子，你早上要买一个手抓饼，卖家说涨价了，现在10块钱一个，而这个钱你明明就是要付的。但这个时候，如果你的心态是：10块钱太贵了，这个店家真的是坑。那么不好意思，你这就是当即给自己种了一个吝啬的因，那么因果不虚，吝啬的因自然会结吝啬的果。相反，如果你觉得：让卖家多挣点钱挺好的。这就是给自己种了一个慷慨

你看到的世界，都是由自己过往的铭印所投射出来的。

的因,同样因果不虚,慷慨的因就会结慷慨的果。

在生活中可以举一反三,其实就是在本该要花钱的时候,千万不要纠结、不舍、难受。不然,从世间法来说,这样的人就是格局小,从真相的角度,就是每天给自己种吝啬的因。你知道了这个原理之后,从当下开始,把每一笔消费都理解为布施,抱着让别人有所得的心态去消费,这样每一笔消费都变成了财布施。做一个懂消费的明白人。

从外在的角度,就是要实打实地向外舍财,行善积德。教你们一个小方法,可以在生活中应用。四舍五入法,什么叫"四舍五入",我来解释一下。大部分人出去买菜、打车的时候,在听到卖家报了价格之后,往往都四舍五入了。卖家说:12.6,你说:12块吧;卖家说:15.4,你说:15块吧……日常生活中这种四舍五入都是往卖家那边舍,但是这种方式就不是种财富的因了。接下来你要往自己这边四舍五入,别人说:12.5,你给他13块;别人说:15.8,你给他16块……日复一日,这就是在无形当中,种了很多财富的因。

如果在路边看到卖菜的老爷爷,能买点就买点吧,让老人家开心;在西湖边看到卖花的老奶奶,就顺手买一朵,再送还给这个老奶奶;看到乞讨的可怜人,能给点就给点,即使最后发现他们是假装的,那也很好,至少说明他们没病没灾。

我,是一切的根源,只有自己才能拯救自己。

其实人与人之间的终极比拼，是心量的比拼，心有多大，舞台就有多大。而践行布施，就是扩大心量、提升格局最好的方法。另外从真相的角度，这个世界上根本没有布施者，也不存在布施对象，你大方就是自己往自己口袋里装，小气就是自己从自己口袋里往外拿，善就是自己爱自己，恶就是自己插刀自己。

"种子法则"四定律：

第1定律：种瓜得瓜，种豆得豆。

第2定律：种子虽小，果实很大。

第3定律：不种种子，没有果实。

第4定律：种下种子，必定收获。

过去的种子决定现在，现在的种子决定未来，在自己的心田里种下什么样的种子决定了你的人生。"种子法则"还有两个特征：第一，时间滞后。夏种秋收它是一种自然规律，是一种不可抗力，种下种子要想收获需要耐心。第二，转换消失。种子一旦长成果实，这粒种子也就消失了。好种子如此，坏种子亦如是。所以想要"不断得"就要"不断舍"。同理，当痛苦来了，说明与之相对应的负面种子正在转换消失中。故：受了受了，一受就了。

施舍不为人知，才是真正的善行。

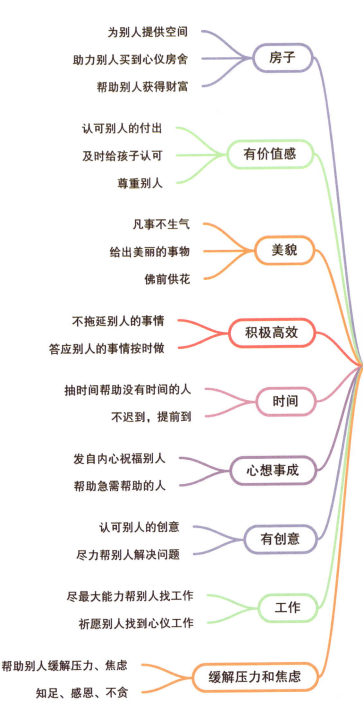

为别人提供空间

助力别人买到心仪房舍

帮助别人获得财富

房子

认可别人的付出

及时给孩子认可

尊重别人

有价值感

凡事不生气

给出美丽的事物

佛前供花

美貌

不拖延别人的事情

答应别人的事情按时做

积极高效

抽时间帮助没有时间的人

不迟到，提前到

时间

发自内心祝福别人

帮助急需帮助的人

心想事成

认可别人的创意

尽力帮别人解决问题

有创意

尽最大能力帮别人找工作

祈愿别人找到心仪工作

工作

帮助别人缓解压力、焦虑

知足、感恩、不贪

缓解压力和焦虑

我想要什么

我想要什么

金钱
- 诚信为本
- 对准三福田多布施（恩田 悲田 敬田）
- 帮助别人赚钱

伴侣
- 真心专注地陪伴孤单的人
- 不劝人离婚、不看色情片（书）
- 做好避孕，不堕胎，不参与堕胎
- 尊重别人的关系，不当小三

健康
- 建立正确的饮食观念，以素食为主
- 推广记录片《地球公民》
- 帮助别人获得健康，布施药品
- 不杀生，关爱动物
- 关心照顾其他病人

和谐关系
- 对别人有耐心，认真倾听别人的话
- 促进别人关系和谐
- 不说破坏关系的话，不议论别人的事

内心平静
- 理解空性，一支笔的故事
- 保持觉知
- 冥想

改善睡眠
- 不猜测未来，活在当下
- 助力别人睡好
- 学会感恩

开智慧
- 把你学到的智慧和别人分享
- 送善书，比如《所有发生 皆为你而来》
- 多读古圣经典

学什么专业最有前途、最赚钱

这个是现在很多人、很多家长都在思考的问题，尤其是孩子升学选专业时，就到处去打听，现在这个时代学什么专业最有前途、最赚钱？

其实当你问这个问题的时候，就已经陷入了一个误区，你认为选的这个专业，是要有前途、赚钱的，才去学的吗？如果你的发心仅仅是为了有前途，为了赚钱，那大概率你之后会陷入更大的迷茫，即使你挣了钱也会迷茫。

网上曾给出一个表格，说疫情后会爆发十大行业，有社区生鲜、社区教育、社区物流……但是这十大行业其实就是一个行业，"如何帮别人解决问题"。

降低对别人的期待，建立和别人的边界感。

1989年在日本企业收购欧美企业纷纷失败的大背景下，稻盛和夫带领他的团队，是怎么样合并了欧美的超大企业AVX公司，又是怎么样让破产重建的日航扭亏为盈，并创造日航史上最高利润的呢？

背后核心秘诀只有两个字——利他。一个发心是"真的利他，帮别人解决问题"的人，做什么事业都很容易成功。

现实案例比比皆是，那些赚大钱的企业，根源上都在帮助别人解决问题（"因"上努力），而赚不到钱的人一直都在想着如何赚钱（"果"上期待）。

《心经》中讲：远离颠倒梦想。

《道德经》中讲：反者道之动。

武当派讲：顺者凡，逆者仙，只在中间颠倒颠。

你稍微感悟一下就会发现，它们有着异曲同工之妙。那么运用在选专业上，首先你要思考，学什么专业最能利益他人、帮助别人解决问题。其次是你自己喜欢，那这样的专业就是你要选的专业。

王阳明先生说过：一切的道理天理都在我们的心上，心即理。良知生天生地，成鬼成帝，万物皆从此出。良知光明，可以显化一切。不要操

任何想改变别人的念头，都不要有。

心你的人生，操心好你的良知。

当你的利他之心真正升起来之后，你将无往不利。

孟子：学问之道无他，求其放心而已。

做「成功人士」，与他人无关

现在大部分人都在追求成功，那怎么样才算是成功呢？世俗大部分的定义主要是指事业上的，最好不是当官的也要是一个CEO，不是CEO也要是一个商业精英。

我以前就是这样想的，长大了一定要出人头地、衣锦还乡、光宗耀祖。所以毕业找工作的时候，我就是非大公司不去的，得要坐办公室的，其他没有面子的工作一律不去做。那会儿，我平时和人聊天的时候，字里行间都透露着自我标榜。一开始我还挺享受这种状态，但慢慢就厌倦了，我感觉每天坐在办公室里面和坐牢没什么区别。即使当时那份工作看起来还不错，还算有面子，但是我内心真的不快乐，已经陷入焦虑抑郁了。那会儿我就开始观察，这个世界上的其他人都在做什么，我还会思考到底什么才是所谓的"成功"。

小时候几乎每个人都会听到这样一句话："你不好好读书，将来就只能当农民工干苦力！"好好读书固然没错，但我总觉得这样的表达欠妥，这个世界上有各行各业、有无数的职业，那每个岗位总要有人去做的呀。比如我家门口服装店的销售员，比如小区门口的保安，比如楼道里的保洁……这个工作只要是适合自己的，每天自己内心是平和的，这就是成功。

杭州这边有个女生，从国外留学回来以后就不去大公司上班，觉得不适合自己，就承包了一个片区的公共厕所，自己做得特别开心。这其实有些违背主流思想的，但是只要她自己是享受的，就是成功。

相反，我以前在大公司坐办公室，看似光鲜，但实则和坐牢没什么区别。还有很多有权势地位的人，整天心惊胆战失眠睡不着，那这就是失败的。再比如我现在做自媒体，有些人会说："这也太不稳定了，连社保都没人给你交。"还有人会说："你应该做些更踏实的。"

我想回答的是：这都是你们的认知，不是我的，只要我觉得我现在做的事情是适合自己的、是享受的，那么不管外界是什么反应，我都是一个"成功人士"。

成功，不是外在的光鲜，而是内在的宠辱不惊。不管钱多钱少，自己都可以过得很好，这才是真正的财务自由。此心安处是吾乡。

与人交往的目的：利益他人，而不是利益自己，不然就是极差的修行人。

请选择你喜欢的工作

是你的工作带给你的收入，还是你的福报带给你的收入？

不明理的人会认为是工作带给自己的收入，因为毕竟是老板给发的工资。但我告诉你，工作只是一种助缘，这个世界是由"看不见"的决定"看得见"的。

从真相的角度，你的收入是你曾经的福报变现给你的，工作、老板都只是一种显化通道（助缘）而已。即使你换了一份其他的工作，你最终的总体收入还是这么多，你的福报有多少，显化就会有多少。

那接下来，你尽可能去选择你自己喜欢的工作（不伤害其他人、动物）就好了。

克服恐惧最好的方法就是直面恐惧。

因为工作也只不过是财富福报变现的一种通道而已。你有多少福报，就会显化多少，所以何必急于一时，要一下把自己的福报全部都给变现掉呢？福报用尽很危险的。

我有个朋友，在我刚毕业一个月收入四千的时候，他一天就有五六万的流水了，做的某金融，飘得不行。结果过了大概不到两年，差点被抓进去了，现在一无所有。

我也是典型的负面案例，毕业以来没目标没理想，换了十几份工作还没个着落。那会儿也不懂福慧原理，每天焦虑得不行，直到学了圣贤文化才明理，所以我没你们有福报，你们现在就明理了。

还有一类人，毕业以来就从事自己喜欢的工作，哪怕一开始工资很低，但是现在已经是某个行业的翘楚了。

在你没有明白福慧原理之前，你只能听天由命，有多少福报就显化多少财富。而你现在明白福慧原理了，所以只要从当下开始培植福报，未来的财富显化是会有变数的。

八字，是说给凡夫（不修行的人）听的，而修行，命运即在八字之上。这即是：不修，定数；修，变数。

像礼物一样，出现在别人的生命里。

你所处的行业，与你财富磁场匹配

你有没有好奇过一个问题，你为什么会进入这个行业，他为什么会进入那个行业，为什么你所在的行业总体只能赚些小钱，而他所在的行业能赚大钱？难道仅仅是随机偶然吗？当然不是，事出必有因。

我们每个人都有独一无二的财富磁场，能量场大小是由你过去财布施的财富种子成熟时，所形成的能量波大小决定的。你的场能会匹配给你，与你财富磁场相对应的行业以及工作，不会有任何错漏。

你有多少财富场能，就会匹配给你相对应、能变现那么多的行业以及工作。表面上是你选的行业、工作，而实际上你也是身不由己，都是自然力通过你的财富场能帮你对接的。你现在所处的环境、住的房子、有多少钱，都与你的财富场能相匹配。

一个人的觉醒，1%靠别人提醒，99%靠"千刀万剐"。

同理，从现象上来看，你的工作同事、合作伙伴都是你自己找的，但实际上，也都是自然力通过你的能量磁场帮你匹配好的。遇到大方的同事、合作伙伴，是自己善的显化；遇到小人，也是自己本该遇到的，一切都是自己心的显现。

有人发信息给我说："整天纠结，换行业、换赚钱的工作怎么选？"其实这都是没有明理的问题。赚钱的行业、工作根本就不是你能选的，你的财富场能到达什么样的高度，自然力就会自动帮你匹配与之相对应的行业、工作，根本不需要你操心，而你要操心的只有你当下的良知。

所以，你只管在"因"上努力，但行好事，莫问前程。先不说"敬天爱人"这样的高度，日行一善都是最起码的。只有你的能量场提升上去了，那些美好的人事物才会显化给你。

德者，得也。德到了，得到了；德不到，得不到。

你小，小人即结；你大，小人即离。

小财靠手，大富依德。

老公赚钱少，实则是你自己缺「德」

经常有女生会抱怨，别人的老公赚钱多，怎么怎么好，自己的老公就是混个温饱，或者女方自己还要贴钱的……这种现象，如果从凡夫的认知去思考，确实很难想明白，但是从高维度的智慧来看：自己是一切的答案。

一个男人赚钱养家，他能赚到的钱是这一家人福报总和的显化。这家人有多少福报，那么这个负责赚钱的人，就会通过他的方式，赚到与之相对应的数额。这也可以很好地解释，为什么有些人供养父母，结果赚的钱越来越多。因为他能变现的福报总量增加了，所以赚的钱更多了。而那些不肖子孙，只想着自己，不想着父母，殊不知是损失了多少……同理也可以很好地解释，为什么有些人生了孩子之后，结果事业就各方面飞升，这是因为自己能变现的福报里面，增加了这个新生儿的。

所以建议很多男士少抱怨："都是我养家糊口的，我怎么怎么……"其实都是家里人自己的福报。这时候也许还会出现这样的乌龙，有些女生学了这些，吵架的时候就会怼老公："都是我自己的福报，你就是我一个变现通道。"当然原理是这样不假，但是你要清晰，你得到的都是在兑现福报，而没有感恩之心、理所当然，是加速福报兑现。另外你用这样的态度怼人，是用了很好的智慧来武装自我，这个更可怕。

现在有很多宝妈都觉得自己没有赚钱能力，是在靠老公，其实你的思维可以调整过来。你靠的是你自己的福报，老公是你的助缘，所以你想让老公挣钱多，你骂他是没有用的，因为他能变现的是这个家的福报总和。你要提升你自己的福报，暗暗地去大量行善积德、去布施，这才是给高维的福报卡充值。明理践行之后，虽然你表面上每天在家不上班，但实际上你不停地在"充卡"。

抱怨是不明理、缺"德"的行为，我们一起慢慢戒掉。

超高阶智慧核心：全部接受。

公司赚钱少，实则是团队缺「德」

如果一家人的福报总和加起来很差，那么男人拼命赚钱也蛮难的，唯有这一家人去行善积德培植福报，提升家庭福报总和，才能慢慢逆转。

同理，一个老板开公司，这个团队最终能赚多少钱，是所有员工加起来，整体福报的显化。说白了就是这个公司所有员工人口加起来，有多少福报，最终就会显化多少营收。

所以明理的人怎么做？先往高了说，比如稻盛和夫，带领员工集体致良知，开启心性光明。这是很厉害的，良知光明，可以显化一切。带领员工集体致良知，终将福德无量无边，企业做好都只是附带得来的……

再往近了说，我认识几个修行的企业家老板，深谙以上原理，团建就是带员工去集体放生，去做各种公益，每个月从员工收入里自动扣除一部分去做慈善。这都是在培植员工整体福报，那么员工整体福报提升上去了，企业自然越做越好。

此时此刻，你知道找合伙人，招员工，要找什么样的人了吧。抛开岗位需求，要找有福报的人。最简单的判断方式，我教给你：一个是，他是不是孝顺父母；另一个是，他有没有慈悲心。因为慈悲心就是福报，福报的根本是从慈悲心而来。当然，能招到有福报的员工也是自己福报的显化，毕竟"我"是一切的根源，修为自己是不变的真理。

另外还有很重要一点，假如你是老板，公司挣到了钱，要回馈员工。因为公司挣到的钱，是所有员工福报总和的显化，不是你一个人的，如果你不回馈员工，这是不循理的。而且自然力讲究平衡，如果有福报的员工没有拿到与其福报相对应的收入，那么自然力就会指引他去其他相匹配的地方工作。慢慢地，你就会流失这些有福报的员工。再慢慢地，你公司来的都是些丐帮的人，你就成了一个丐帮帮主，太可怕了。

请以经营企业为载体，利益更多人。

吃亏才是占便宜，而占便宜的本质实则是吃亏。

留不住财，还是你缺「德」

我们古人说："德=得，德不配位，必有灾殃。"

很明确了，你有多少德，就会有多少财。如果你总是留不住财，也可以参考这句。为了方便理解，以下展开分享。

先归纳几类人：

第一类人，不怎么努力，各方面条件一般，可是混得就是比我好。

第二类人，人品都感觉有问题了，三观不正，结果过得还挺好。

第三类人，拼尽全力，结果就是混个温饱线。

第四类人最惨，不努力还好，结果奋力一搏，反而还亏损了，最终负债累累。我见过这类人，开玩笑地说，这类人这辈子就是来还债的。

分析一下，第一、二类人属于财富上限很高，财富下限也很高，所以即使差一点，也是瘦死的骆驼比马大，但是福报总有消耗完的一天……第三类人最多，很努力，却挣扎在温饱线，这类人属于财富上限很低。第四类人我都用"还债"来形容了，可见有多惨。

那怎么办呢？《了凡四训》里面讲得很清楚了，你在定数里努力，再怎么努力，还是上不去太多，因为你的财富上限就那么高。比如你的财富上限是50万，超过50万，马上钱就会莫名其妙地溜走，很多人应该都有这种感受。

所以根源上是要提高自我财富上限，财富上限提高了，你再去努力，结果就不一样。而提高财富上限的方法只有一个，就是"修德"，"德到了，才能得到"。修福的过程亦即是积攒福德的过程，有如挣钱存入银行一样。有智慧的人都在"修德"。

人一贪就会变贫，君子爱财，取之有道。

为什么会收入不稳定？

大部分人的反馈都是：生活不是那么稳定。

比如"收入"这件事，前几年收入特别好，这两年就少的可怜。或者现在收入好的人，也不能保证以后一直能稳定下来，其他事件也都是以此类推。

直接提高维度，先说一下原理：我们未来的快乐和痛苦，完全取决于自己当下身语意所种下的种子；而当下经历的快乐和痛苦，是自己过去身语意所种下的种子成熟的显现。

所以这说明什么呢？你当下好，是因为这个美好的当下相对应的曾经的那颗种子好，你曾经播了很好的种子。那为什么不能一直好下去

别人嘴里的你与你无关。

呢? 因为你曾经的播种"没有连续性"。

你在曾经的某一天, 动机至善地种下了一颗良好的种子, 然后就没有了, 那显化也是一样的, 那颗种子显化完了也就没有了。而你现在知道了原理, 那接下来你就可以每天连续性地、动机至善地去种下好的身语意的种子。那未来的显化, 也是连续性的, 就不会出现大多数人的认知——不稳定。

还有人跟我反馈说, 每天播种有时候不知道该干嘛。其实是你想复杂了, 力所能及的小事都算。有人问路, 耐心回答; 坐高铁的时候, 帮别人提一下重物; 坐电梯后面有人, 帮他留一会儿门; 逢年过节, 给父母发个红包。

当身边有人情绪低落时, 你发自内心所说的每一句仁慈的话语, 所给予的每一个亲切的微笑, 都会以一种意想不到的方式回报到自己身上。

人活在这个世界, 不仅是为自己而活, 最好还能多多少少为更多的人做一点有意义的事情。锦上添花的事情随顺因缘, 雪中送炭的事情全力以赴。

别着急，别声张，先把自己活出来，

让自己各方面确实好起来，

再用自己的经历去照亮别人，

这是我认为最有说服力的法布施。

月薪三千？
你需要反思

　　我之前某次直播，在特定情景下说了这样一句话："月薪三千，你需要反思。"然后就被好多人喷了。其实喷我的人，你是没有听全，我是有个前提的。

　　如果说你是一个没学过传统文化的人，压根不在反思范围之内。而学习过传统文化的人都应该知道，财富提升的真正原因是布施，是种种子。那既然已经知道这个原理了，还把自己弄得穷哈哈的，是不是侧面说明自己践行的还不够呢？

　　但有人问："我的工资就是死工资呀，一个月就三千块钱，我播种了，哪里涨工资去？"其实你只要去布施、播种财富，变现通道它会自动显化给你的。有可能是一个赚钱的副业找上你了，也有可能是你的老房子拆迁了……财富显现通道是五花八门的，多到不可思议。所以不要再盯着你那点死工资了。

不逞一时之能，不逞口舌之快。

　　麦克·罗奇格西曾经在某个论坛上的绝密发言，透露了自己的钻石公司"安鼎国际"快速发展的秘诀。真相简单到不可思议，非常"傻瓜式"操作。分享给你们：

　　"如果你想要获得财富，如果说你想你的生意发达，我来告诉你怎么做到。这里是一百块钱，如果你想用这一百块钱赚到一千块钱的话，我告诉你怎么赚。我们的'安鼎国际'钻石公司在纽约二百五十年的历史中是发展最快的一家公司，所以我知道怎么用这一百块钱赚到一千块钱。"

　　"你把这个钱给出去，给别人就好了。这一百块钱不要存在银行里，不要去做投资，不要去买一些物业，也不要买股票债券什么的，把你的钱给到对你有恩的人，你尊敬的人，正在受苦的人，把钱给他们。然后你会看到钱又回到你这里了，十倍以上，你会得到一千块钱。"

　　最后，格西还补充了一句话，我觉得这句话很有意思。他说："虽然我创造了全纽约成长最快的企业，但其实我根本就不懂怎么做生意，但我知道怎么把钱给出去。"

　　想要了解更多麦克·罗奇格西的智慧精髓，去看《当和尚遇到钻石》《播种幸福》《业力管理》《爱种子》《真爱密码》。

我吃橙子自由，敷面膜自由

　　布施，不是把你不要的东西给出去，而是给出去你好的东西，你给出去你好的东西，宇宙会通过各种通道加倍回流给你更多好的东西。分享一个我亲身案例：

　　某一天我家里买了两箱橙子，意外的好吃，水分很足很甜。正好那天有个保洁阿姨来我们家门口收纸箱，我顺手就把家里一箱上好的橙子送给阿姨了，阿姨感动得不得了。然后家里人知道了就来问我："你怎么把这么好的橙子送出去了？"我说："不然呢？难道你要给出去差的东西吗？那可不叫布施，给出去自己好的东西才是真的布施。"我家里人恍然大悟。

　　然后接下来发生了什么？之后没过多久，我陆续收到了将近50箱上好的橙子，有的是我粉丝给的，有的是直播品牌方给的，有的是亲朋好友给的……根本就吃不完，我又给邻居们分了好多，最后皆大欢喜。

超越自我，追求无我。

分析一下这件事，为什么橙子的显化这么猛烈：

1.我当时送阿姨那箱橙子是以强烈感恩心摄持的，并且是不求任何回报的，结果不求回报反而带来了迅速的回报。

2.很多人都忽视了，保洁阿姨属于三大VIP福田之一，悲田。我送橙子的对境非常VIP，所以助力我带来了这几十箱橙子的强烈回流显化。

另外，现在我家里的面膜多的已经是，哪怕一天贴三片都用不完，这也是我践行了以上同样的播种原理而回流来的。你想要什么，就把什么给出去就好了。

恩田、敬田，在生活中你能遇到的其实很有限，但是悲田无处不在，我们要学会尊重底层人民，尊重底层人民就等于是在变相布施悲田。而相反，一个不尊重底层人民的人，时间线拉长，他最终是不会有什么福报的。

所有的功德都是建立在贤良的人格之上，没有贤良的人格，无法获取真正的智慧，最终也不会有任何成就。

从当下开始，去布施你身边无处不在的悲田，我要你幸福！

懂得感恩的人，无论走到哪里，都能给人带来温暖。

一念发心不可思议

圣贤文化一直在倡导"播种幸福，行善积德改命"，那为什么每个人践行的效果却不一样呢？这首先要了解，种子到底是种在哪里的？答案是：种子是种在每个人自己心上的。种子越茁壮，显化越快。

简而言之，你播种的时候，发心越强烈，意味着种子越茁壮。有一个女生被另一半分居小半年了，这半年时间，他们几乎是不联系的，只要一联系，她老公的态度都是异常的嚣张跋扈，慢慢地，这个女生的心态已经被磨得随缘了。

有一天这个女生在阳台上，看到了她的邻居高龄老奶奶一个人孤零零地在家坐着，她突然很能共情老奶奶的孤独，于是她就无所求地去陪伴这个老奶奶聊天。她握着老奶奶的手，聊老奶奶年轻时候的事情，还把自己最珍贵的护身项链送给了老奶奶，并亲自帮她戴上，希望能护

有福之人不用忙，无福之人跑断肠。

佑她平安。

然后就在这一天下午，她老公突然回来了，这一次回来，不再是嚣张跋扈，而是忏悔自己曾经的不靠谱，表示想要回归家庭，就像变了一个人一样，这个女生简直是惊叹到不可思议……据我了解，现在他们的生活也非常稳定。

种下陪伴的种子，陪伴你的人就会出现，但是中间这个时间差谁都没办法保证。但刚才那个女生的发心实在太强烈了，所以得到了不可思议的迅速显现。

一个瑜伽老师在很多年前有机缘知道了一个真实的道场在建设，这个道场建设好了可以帮助不少人，于是她瞬间发心要把自己所有的钱全部捐给道场建设（虽然并不多），实际上她也这样做了……结果没过多久，就有人要找她一起做电商，她也莫名其妙地参与了，结果生意异常火爆，后来她一个女孩子靠自己买了大房子，再后来也遇到了各种殊胜的因缘。

抛开发心问题，还有一个重要因素，可以用以下段子来阐述。

徒：为什么我努力了还是得不到？也读经典行善了，命运咋没好起来呢?

师: 我给你500元好不好?

徒: 师父, 您的钱我不敢要呢!

师: 我是要你帮我办一件事。

徒: 师父, 您说办什么, 我绝对帮您办好!

师: 帮我买一辆汽车。

徒: 师父, 500元怎么可能买到汽车呢?

师: 你也知道500元买不到汽车啊!

你悟了吗?

没有布施者, 没有布施过程, 没有受施人, 一切皆是朝向自己。

心安即是归处

祈愿我在追求无意义的欲望时，
我欲望的目标，
能引导我去利益他人。

人生最危险的敌人，

不是你眼中最坏的别人，

而是情绪失控时的自己。

爱生气、发脾气？这个方法你一定要用

我认识一位资深的老中医，他是这么和我说的："小焓，你就去观察你身边那些爱动气爱发火的人，这样的人，一般都是身上小病不断的，这里不舒服、那里不舒服，经常来找我们号脉。"老中医的意思已经很明了，大家自行领悟。关于"生气"的危害，我经常会想起《三国演义》里的一个情节：

当年赤壁之战之后，诸葛亮就把周瑜活活给气死了，周瑜临终前含恨说了一句："既生瑜，何生亮！"很著名的场面吧，所以生气真的能气死人。（虽不确定真伪 但参考价值很大）

王阳明先生说过："循理便是善，动气便是恶。"你动气就是在给自己积恶。种善因得善果，种恶因得恶果，如果说你是个爱动气的人，

遵从自己本心，那才是真实的自己。

那是不是时时刻刻都在给自己内心积恶，时时刻刻都在给自己种恶因呢？动气就是恶，所以很多人自认为自己是好人，但日子却过不好，很大一部分原因在此了。

一位高人曾讲过一句话，我印象非常深刻，他是这么说的："人在傲慢和发脾气的时候，是在迅速地消耗自己的福报。"你想啊，我们人有多大的福报让自己去浪费呢？做点功德多难啊，你这么一动气，就把你之前辛辛苦苦做的功德都给消了。一念嗔心起，百万障门开。嗔心一起，火烧功德林。

福报最大的违缘就是嗔恨心。我们希望别人不好，我们对别人发火、仇恨别人、伤害别人，这些都是嗔恨心的表现。嗔恨心是摧毁福报的"核武器"，我们都知道一颗原子弹可以瞬间炸死很多人，但其实你一念嗔恨心的威力完全不输给原子弹。

我妈妈曾是一个脾气非常差的人，她不仅会爆粗口，还会把情绪发泄在别人身上，过去二三十年都是这个状态，没有人能改变她。直到去年，我和她说："妈，你去抄一下《心经》吧，然后再背一下。"我妈竟然照做了，她开始每天很认真地抄写，大概过了一个多月，我发现她能背出来了，而且在后续的生活中，她的脾气也发生了很神奇的改变，改变在哪里呢？

　　以前遇到一些不顺她心的事情，她会瞬间暴跳如雷，说话夹枪带棒、指桑骂槐。但是现在，当生活中出现一些摩擦，她会自己先静一静。春节回家，连我奶奶都夸我妈"臭脾气突然改了"。所以我把这个方法分享给大家，一定要照做，和我妈妈一样精进啊。

随着你福报的提升，和你不同频的人会逐渐从你的世界里消失。

般若波罗蜜多心经

唐三藏法师玄奘译

观自在菩萨，行深般若波罗蜜多时，照见五蕴皆空，度一切苦厄。舍利子，色不异空，空不异色，色即是空，空即是色，受想行识，亦复如是。舍利子，是诸法空相，不生不灭，不垢不净，不增不减。是故空中无色，无受想行识，无眼耳鼻舌身意，无色声香味触法，无眼界，乃至无意识界，无无明，亦无无明尽，乃至无老死，亦无老死尽。无苦集灭道，无智亦无得。以无所得故，菩提萨埵，依般若波罗蜜多故，心无挂碍，无挂碍故，无有恐怖，远离颠倒梦想，究竟涅槃。三世诸佛，依般若波罗蜜多故，得阿耨多罗三藐三菩提。故知般若波罗蜜多，是大神咒，是大明咒，是无上咒，是无等等咒，能除一切苦，真实不虚。故说般若波罗蜜多咒，即说咒曰：揭谛揭谛，波罗揭谛，波罗僧揭谛，菩提萨婆诃。

抄、读《心经》的时候，不需要去执着于知道它的意思，读书千遍，其义自见。

另外在你抄、读的时候，有很大一个功效就是在"止念"。

胃不好与情绪有关?

你知道和情绪有关的疾病有多少种吗? 一位医学专家讲过, 有200多种, 生活中90%以上的疾病都与情绪有关, 有时候负能量比疾病更可怕。

有多少人每天喝菊花茶降火, 但是被别人一句话"点火就着"; 又有多少人早睡早起依然精神恍惚、心神不宁; 还有很多从不沾垃圾食品的人, 竟然内分泌紊乱。由此可见, 养生在情绪面前不堪一击。如果你处理不了情绪, 那么做再多其他的养生, 效果依然不会太好。如果你真的想把自己的人生过好, 首先不是去美容美体各种保健, 而是做"情绪的主人"。不然当"贪、嗔、痴、慢、疑"这五毒心俱全的时候, 情绪就是你的主人。

我很早就被确诊了慢性浅表性胃炎, 有一次胃炎发作我去一家大医院挂了专家号，我把我的症状讲给医生听了，结果他说："你这个毛病吃点药应该就没什么问题了，主要靠自己养。"可是我就比较担心，我说："医生，要不要做个胃镜什么的？"本来医生感觉没有这个必要，因为我的症状比较轻，我年纪也轻，一般都没有什么问题。

可是面诊快结束了，医生突然又说了一句："要不你还是做个胃镜吧。"一听这话，我又开始担心了，就问医生："一开始你不是说不用做胃镜吗？怎么现在又说要做了？"医生回答了我一句非常有深意的话："我感觉你有点焦虑，焦虑的人不做个胃镜是好不了的。"我当时恍然大悟，就没有去做胃镜，只是安心回家谨遵医嘱吃药。

结果我吃药时，发现里面竟然有一味是抗焦虑抗抑郁的药。我内心瞬间OS：什么？我看的是消化科，你给我吃抗焦虑抗抑郁的药，医生你开错了吧？于是我就到医院去找那位医生"兴师问罪"。结果医生和我讲："一般有胃炎的人，都比较焦虑，情绪不稳定，这些症状与胃炎是相辅相成的。因为你焦虑的那个系统，与你消化的那个系统用的是同一个。"我突然明白了，为什么我过去吃饭也算规律，也不乱吃东西，却还会得慢性胃炎，原来根源出在了我的情绪管理上。确实，从小到大我一直是一个焦虑的人。

回想一下，我过去大部分的焦虑都来源于没有活在当下，要么是纠结过去已经发生而无法改变的事情，要么是担心未来根本不会发生的、或者发生概率仅为0.01%的事情。但其实我们每个人拥有的时间，都只有当下这一刻。过去是由每一个当下走过来的，未来也是由每一个当下走过去的。不管是过去还是未来，都是由当下的这个自己、当下的时间所组成的，丢失当下，就是丢失全部。问题若有办法解决，就不必担心；若没办法解决，担心也没有用。

烦恼只是忘失觉知产生的错觉，如果能够保持觉知，那我们的情绪障碍就会消失。在日常生活中，我们每天都会碰到许多不合我们心意的事情，会让人不愉快，但其实我们可以有能力让自己在这些不快中保持冷静。因为这些不快就像是一把火，在内心升起之后，马上就熄灭了。我们可以试着把自己的各种情绪状态，视为形形色色的访客，只需对它们保持觉知，允许愤怒和其它各种情绪在心里升起然后消失，而不做任何可能会带来伤害的反应。

祈愿有一天，我们在觉知中获得安宁，如同夏日里在大树的浓荫下获得清凉一样。祈愿有一天，我们的心中只剩下前所未有的宁静，以及能够从容面对一切的笃定。

自律很反人性，但自律的结果确实出人意料。

起情绪的时候，是「魔」上身

人一旦被情绪击中，所有的逻辑和知识都显得苍白无力、毫无意义。借此打个比喻：人在有情绪的时候，都是"魔"上身了，根本无需理会。这个比喻，可以运用在任何关系里面。

我慢慢发现人的身体里面有两个"我"，一个是真正的我，一个是情绪。情绪没发作的时候，就是真正的我；情绪一来，整个人就被情绪占领，按照刚才那个比喻，就是"魔"上身了。

如何避免"魔"上身？首先要从改变认知着手。例如，我坐在房间里面，外面有一个人没敲门就进来了，那实际上我应该为这个人而生气吗？可能有的人会觉得应该生气，因为对方明显不尊重自己。但其实你生气与这个人没有任何关系，心长在你自己身上，你的这颗心也只有你自己才能运作，是你允许自己生气，你才会生气。

如果你没有任何执着，那个人做任何事也不会激怒你。

其实你可以根本无所谓对方是否敲门，这完全取决于对方的素质。而你是否生气，取决于你自己的修为。再说，修为不好、素质差的人太多了，难道你每天都要因为这些人把自己气伤吗？并不是事情本身伤害到了你，而是你对事情的反应伤害到了你自己。而且如果因为对方没有敲门你就生气了，这还说明你的内在有一个求关注、求被尊重的伤，这是一个需要被疗愈的匮乏点。

再比如，你的一个同事叫了公司其他人吃饭，但是唯独没有叫你，你就生气了。首先这个同事他就不会办事情，可你却因为他的情商低而伤害自己，这完全没必要。

每个人遇到的问题都不一样，让你纠结的问题，在我这里可能根本就不是事儿。这就揭露了一个真相：上天给予每一个人的苦难，都是根据这个人的痛点而量身定制的，只要你能放下，痛点就消失了。

当你不再寻求别人的注意，当别人的赞叹不会让你感到骄傲，当别人的指责不会让你受惊，当别人不理会你的时候，你也不会感到烦恼，这便是放下。

还有一种情况容易激发人的情绪，就是与你相处的那个人起情绪了，然后他把你的情绪也给勾起来了，然后两个人都陷入了情绪无法自拔，就开始吵架。直到双方的情绪都完全退下了之后，慢慢又会和好，夫妻关系尤其是这样。

下次当对方起情绪的时候，你首先要觉知到：此时此刻对方起情绪了，他已经魔上身了，已经不是真正的他了。只要你能觉知到，你的情绪就可以不被对方勾起，你等对方情绪完全退下后再与他沟通，这样就可以避免一场两败俱伤的恶战。

如果是自己起情绪了，你要觉知到：此时此刻情绪已经占领了我的身体，我已经不是本来的我了。然后自己一个人平静，不要去勾起他人的情绪，等自己情绪完全退下，就又回归了本来的自己，这时再去与人沟通。

内心脆弱的人，才会张牙舞爪。真正强大的人，都是温和而坚定。

接受已经发生的事，可以降低消耗能量。

不要着急，
只要你变好了，
美好的生活一定会如期而至！

在线测试人格，100%包准！

关于如何认清自己，这个问题很难回答。毕竟很多智者都说过，人这一辈子，最难的就是认清自己。是的，如果每个人都能认清自己，也不会走那么多弯路了，所以你眼中的你不是你。

而当你试图想要从其他人身上找到"关于自己是谁"的答案时，你会发现，每个人对你的看法评价几乎都是不一样的，这不是很奇怪吗？同样一个你，对你评判的人不一样，答案也不一样，那别人从你身上看到的，到底是什么呢？

一段话回答："你对我的百般注解与识读，并不构成万分之一的我，却是一览无余的你。"这说明别人从你身上看到的只是他自己，而你是对方内心的投射，所以，别人眼中的你也不是你。明白这个真相以后，从此你可以从他人对你的评判中彻底解脱出来。

善修其心，能住安乐。

另外以我为例，我是一个很宅的人，这些年遇到的人不多，但是总可以看到一些人非常的冷漠，甚至有一些傲慢自以为是，让我感觉到很不舒服，于是这些人进入了我心灵的黑名单。但是后来我惊讶地发现，有另外一些人却对我心灵黑名单的人好感倍增，认为他们慈悲、大爱、智慧……

天呢，这太分裂了。于是我陷入了长时间的沉思并领悟到了一个关键点：原来，我看到的都是我自己。自从认清了这一点之后，我走上了真正的自我提升之路。比如，以他人为镜，我发现了我自己的假谦虚，我发现了我自己心灵暗处的自以为是……然后开始自我调整，尽可能做一个骨子里真正谦虚的人，而不是假惺惺的形式谦虚。

分享一个小故事，苏轼跟佛印是一对好朋友，经常都会相互拜访。有天，苏轼去拜访佛印，对佛印开了个玩笑说："我看你是一堆狗屎。"佛印则微笑回应说："我看你像是一尊金佛。"苏轼觉得自己占了便宜，很是得意，回家后跟自己的妹妹说了这件事。苏小妹却说："哥哥，你错了。佛家说'佛心自观'，你看别人是什么，自己就是什么。"听到这里，苏轼才明白为什么佛印会说，他看自己像是看一尊金佛。

外部世界的一切都是我们内在世界的投影。你眼中的你不是你，别人眼中的你也不是你，你眼中的别人才是真正的你。

无论你在哪里，都在我的心里。

与情绪和解，才是真正的自由

我现在越发觉得，人所有的痛苦觉受，都是由自己这颗心自导自演、自我运作出来的，我们的心里除了自我编造的故事以外别无它物。而只要调整好自己这颗心，痛苦的觉受立刻消失。王阳明先生说的"心外无物"真实不虚，同样阳明先生的"格物致知"可以化解掉一切情绪，让心回归平静。

不评价东方文化还是西方文化，不评价神学还是人学，不评价中医还是西医，评价批判善恶互夺不到头。站在"人、神、东、西"之上，"格物正心"才是正见。

以下从身、心的角度解读"格物致知"：

大多数人产生了一些负面感受，一般会先去找外境的原因，最好怪在别人身上，让别人来为自己承担，结果发现越找越恨越走不出来。现

一念放下，万般自在。

在颠倒一下，先放下对外境那个人或者那件事的批判和声讨，甚至把那个人、那件事完全置身于你的感受之外，仅仅是好好体会自己的情绪，让它流经你，任其穿过。

"格物致知"实操法：当不舒服的感觉来找你的时候，第一件事不是去抱怨外境，因为那是相（种子投影），改变不了。这个时候你只需要内观（格物），去感受那股不舒服的感觉堵在了哪里，一般会堵在胸口或腹部。然后尽可能找一个安静的地方，最好闭上眼睛，或躺下或静坐，用心去感受那个不舒服的部位。不要想是哪件事哪个人给你带来的，用鼻子深深地吸气，吸到堵涨部位，然后半闭嘴唇，缓缓地吐出……不断地重复，慢慢地你就能感受到，气泡状的一个东西（恶），在你的体内蠕动向外散，直至你不堵不涨不难受、清净平和的时候，本次情绪即被疗愈。

所有不舒服的觉受，都可以用以上"格物致知"的方法去释放，比如说愧疚的感觉、嫉妒的感觉、尴尬的感觉、自责的感觉……去试试看，和自己最不想面对的情绪待在一起，不要去逃避它，看看它会把你怎么样。

刚开始你可能会感觉自己难受得受不了了，但是过后你会发现，自由、解脱、喜悦、自在，都在岸上等着你。

人只有在独处时，才能处于本然状态。

这样找对象，你会很自在

人与人之间关系的本质：没有爱恨情仇，只有缘起缘灭；没有生离死别，只有缘起缘灭。缘起，我在人群中看见了你；缘灭，你淹没在人群中。缘起则聚，缘灭则散。诸法因缘生，诸法因缘灭。

以上真理可以适用于人与人之间的任何关系，比如亲子、朋友、婚恋、同事……以亲子关系为例，缘起，你父母生出了你，开启了你们之间的因缘和合，他们陪你长大，你陪他们变老。但是所有的因缘都有消散的一天，老子就揭示过：出生入死。什么意思呢？就是人一出生，其实就意味着已经进入了死道，因为死亡是每个人最终的归宿，所以在这一生中，每个人都必然会经历爱别离，这是很客观的规律，谁都逃不掉。总有一天，你的父母会离开你，等到他们离开你的那一天，从本质上来看，是你们之间的因缘消散了，这即是缘灭则散。现在有很多人因为失去亲人而痛苦的无法自拔，虽然这是人之常情，但从本质上来看，是因为执着了已经缘灭的关系，说到底，是执着让你痛苦。

福报不够，一切皆枉然。

　　再以亲密关系为例，现在有很多女生都在焦虑找对象的问题，其实大可不必。从上帝视角来看，你的命运剧本大概率在你出生之前就已经写好，其中就包含：你会遇见谁、和谁在一起、在一起多久。那问题又来了："到底什么时候才会遇见那个他呢？"答案是："因缘聚合的时候（有印记必显现）。"当你和他各种因缘聚合的时候，你即使不想遇见他，宇宙也会安排各种意想不到的通道让你们两人遇见。遇见他之后，哪怕他长得很普通、个子也不高，可是你就是会觉得他哪里都好，怎么看他怎么顺眼。其实不是他真的有那么好，而是你自己的业力让你觉得他有那么好。于是你们陷入爱河，即使他是个渣男，你也无法抗拒，因为你的命运剧本就有一段与渣男的纠缠，你必须要把这笔帐还完。等还完之后，你就会升级，从而成为你自己人生的大女主。有朋友还会问："那我能知道自己什么时候会和他分开吗？"答案是："因缘消散的时候。"你们之间能走多远，取决于你们之间的因缘，一旦到了因缘消散的那一天，不管对方是渣男也好、暖男也罢，他都会以各种你能想到或者想不到的方式从你的世界里消失，这即是缘灭则散。一旦缘灭了，你怎么挽留他都留不住。

　　当你还没有因缘的时候，即使你长得美若天仙，也不会出现那个他；而当你的因缘来了，即使你长得很普通，那个他照样会出现。现实生活中，这样的案例比比皆是：有些女生长得很普通，但另一半真的很爱她；有些女生长得很漂亮，却总是被渣男伤害。（男生同理）

人只有在觉醒后，才算是真正的活着。

所有发生 皆为你而来

从此，你可以在任何关系中保持"无为"。

你抱怨谁，就享不了谁的福

　　人只要一抱怨，负能量就上身了，能量场就会变得很低，稍微正能量一点的人靠近你，就会不舒服，最后你只能感召来和你一样负能量的人。

　　抱怨父母的人，就享不了父母的福，这个说的就是我本人。一直以来只要我想到我父母，我的情绪就比较抱怨，总会想到从小到大他们让我不如意的事情，而他们对我好的情景，我几乎都想不到。结果我确实享不了我父母的福，只能自力更生。同理，抱怨丈夫的人，就享不了丈夫的福；抱怨孩子的人，就享不了孩子的福；抱怨万物的人，就享不了万物的福。

　　为什么呢? 能量守恒定律: 你给出去什么，就会得到什么。那回归生活，你总是不断地向外输出抱怨的负能量，那么根据能量守恒定律，这个世界最终反馈给你的，也只能是负能量。如果你不改变向外输出的能量频率，那么时间久了，别人看到你的脸，听到你的声音，都会感觉不舒服，所以你怎么享别人的福？

要想改变这种现状，就要试着把"抱怨"改成"感恩"，感恩一切。当你开始真正感恩了，那么就可以陆续扭转局面。真正有感恩之心的人，会获得最大的福报，因为感恩是直接链接宇宙高能量的介质！是高能量的源泉！哪怕是先从假假的感恩开始练习，都会有所收获。而如果你真的变得很感恩，那么你的收入会越来越高，贵人会越来越多，人际关系会越来越好……越是感恩的人越拥有。

与"感恩"相对立的是"抱怨"，最直接的表现就是：受害者心理。有这种心理的人，总觉得别人对不起自己，自己是最无辜的人。从而不断向外传递负能量，慢慢地，这样的人会越来越贫穷，而正能量、贵人、机会……也都会远离。

你抱怨的人越多，自己的命运就越坎坷，你抱怨谁，就享不了谁的福。从现在起，只要把你的心稍作调整，一切都会很完美。

人生是来享受过程，而不是计较结果的。

担心是诅咒，祝福才是护佑

有一种情绪，如果你不能突破它，那么这一生你反反复复都会受它影响。这种不良情绪就是"担心"。

担心自己以后会亏钱，担心自己以后会婚变，担心自己以后会不幸福等等，担心的情绪无孔不入。

张德芬老师在《遇见未知的自己》里面是这样讲的："这个世界上只有三件事：我的事、他人的事、老天的事。"关于"老天的事"，属于超出人能力范围之外的事情，大多数都是不可抗力，所以与其杞人忧天，不如顺其自然。关于"他人的事"，比如：老公的事、父母的事、孩子的事、朋友亲戚的事……其实都有他们自己的命运轨迹在主宰，无论你多么爱他们，也没办法改变他们的命运剧本。如果你给出过多的担心，实则是最差的礼物，甚至有时候你对亲人的过分担心也是一种不负责任的加害行为！不如改成祝福吧！关于"我的事"，其实从高维的角度来

任何发生在我身边的事情，都是对我成长的邀请。

看，我们每个人都是带着自己独一无二的命运剧本，来到这个世界上打怪、体验、升级。既然如此，这就说明每个人来到这个世界上，遇到的一切人事物都是本该遇到的，都是有定数的，那既然都有定数，你还担心什么呢？只需"应作如是观"，去体验就好。

当然，如果说，你对自己原有的命运剧本不太满意，也是可以改的。毕竟"一粒金丹吞入腹，我命由我不由天"。

现在有很多朋友真的和我之前一样，是严重担心型人格，比如说经常会担心自己以后会婚变，担心自己以后会亏钱等等，反正能担心的事情实在太多了。但其实，如果说你过去没有种下过这些负面种子，那么你担心的这些事情也不会来找到你，未造业不遇。

有朋友还会说："我过去种下过这些坏种子该怎么办？"那么从当下开始，你要猛烈地去忏悔你过往所有的恶，发愿永不再犯，并且去做相反的事情。

每天临睡前可以带着忏悔心反复默念四句话：往昔所造诸恶业，皆由无始贪嗔痴，从身语意之所生，一切我今皆忏悔。

如果你过去种下过亏钱的种子，那么从当下开始，你必须要猛烈

隐秘自己之功德，隐秘他人之过失，隐秘未来之计划。

地对准三大VIP福田（恩田、悲田、敬田）去布施。如果你过去种下过婚变的种子，那么同样从当下开始，你要种下婚姻和谐温暖的种子。怎么做呢？你可以去陪伴那些孤单的人，给予他们温暖。尤其是当别人出现一些婚姻问题的时候，你要给予关怀。当你给予关怀的那一刻，就是给自己的婚姻和谐种下了新的好的种子。

一个人命运好不好，其实完全取决于自己的福报。有福报的人，不管做什么事情都会顺利，哪怕再危险的事情也会转危为安、吉祥如意。但是没有福报的人，往往做事情就会障碍重重，很多事情做起来就很不顺利。

我们的人生到底幸不幸福，或者做事情到底顺不顺利，完全取决于自己的福报。

品德高于才智。

乐受还是苦受？

我之前对一个人说："你过得不好，说到底是因为缺德。"他就不开心了。是因为我说了"缺德"导致他不开心的吗？答案是否定的。因为还有些人听了就没有不开心，反而觉得很有道理。这说明，"缺德"这个词本身是中性的，观察者不同，得到的答案也不同。

而这个人听到我说他"缺德"，他就不开心了，实则是因为他把"缺德"定义成了一个贬义词，所以才会不开心，这其实是他自己的解读伤害了他自己。

再比如，有个人骑自行车出门，然后看到了他同事在路上开了个宝马车，他内心就受伤了。那是谁伤害了他呢？其实，没有人伤害他，是他自己的解读伤害了他自己。

我们在遇到任何人事物之后，一般都会做出一个反应，但是在那

不论你想得到什么，你必须先帮助别人获得它。

个反应之前，中间都会有一个解读，就是这中间的解读决定了你当下是"乐受"，还是"苦受"，我们现在修的就是调整中间的这个解读。

这个世界的规律是凡事一体两面、福祸相依。你看到事情好的一面，就会有"乐受"；只看到事情不好的一面，就会有"苦受"。都是自己选择的。

比如还是那个骑自行车的人，他完全可以这样解读：骑车，不堵车、随便停；开宝马车，在高峰期连停车位都找不到，还堵车……你看，解读不一样，自己的感受就不一样，是你的定义决定了接下来的境遇。

再高级一点，不管发生什么，你内心压根就不分别，该怎么处理就怎么处理，就是不生烦恼心。

而不生烦恼心，将会给你带来巨大的利益。

经常利益他人，你的福报不求自来。

抑郁症，自闭症，可以多看老虎的照片。

根据某大德的建议和藏医的传统，

如果你有严重的抑郁症的烦恼，你可以去看活生生的老虎或者老虎的像。

为什么你没有幸福感，原因在此

曾有一位朋友给我留言，他说："西藏的藏民们都非常有信仰，但为什么他们的经济却比我们落后？"我给他的答案是这样的："经济靠前不代表幸福感靠前，经济落后也不代表幸福感落后。"西藏那边的牧民虽然经济条件有限，但是你能说他们没有幸福感吗？我看未必，我曾经有一位杭州的朋友，他本是个上班族，工作悠哉，家里条件也不错。他一直对西藏很向往，忽然有一天他脑子一热，决定要去西藏旅游。而这一次旅游可以说是改变了他的人生。

他到了西藏，发现当地的居民真的很有幸福感，真的很快乐。他在西藏的每一天都很充实，很幸福，他甚至感叹说："我前二十几年都白活了。"于是乎他做了一个大胆的决定，"留在西藏不回来了。"当时我们都以为他是开玩笑，可后来事实证明，他真的就不回来了。一开始，他是在

什么是善良？善于光明自己的良知。

西藏找了一个民宿打工，虽然工资不高，但每天都很快乐。后来听说他开始自己经营民宿了，其实挣得也不多，但他过上了自己向往的生活。

金钱是不能完全与幸福感挂钩的，不然也不会有那么多有钱有地位的人却失眠抑郁了。如同《次第花开》中所说：有的人居无定所地过着安宁的日子，有的人却在豪华住宅里一辈子逃亡。我曾经也是一个严重的失眠患者，成宿成宿睡不着，我当时就想着：这么痛苦，给我抱一堆金砖也没有用啊。

那幸福感到底是什么呢？其实幸福感就是一种感知幸福的能力。不信你把"幸福感"这三个字颠倒一下——感幸福。这种能力是由你自己内心所升起来的，如果你认为你没有幸福感、不幸福，就说明你自己感知幸福的能力有所欠缺，与外境一切人事物没有关系。

要想提升感知幸福的能力，需要有一些"何必见戴"的精神。生在晋代的王徽之，正好就是这样的人。王徽之住在山阴的时候，一天夜里下大雪，他睡觉醒来，打开房门，叫左右备酒，环顾四周，一片洁白。他就起身徘徊，吟诵左思的《招隐诗》，忽然想起戴逵。当时戴逵在剡县，王徽之就连夜乘了小船去拜访他。船行了一夜才到，到了门口却不进去，又返回山阴了。有人问他缘故，他说："我本来是乘兴而去的，现在兴尽而回，何必一定要见到戴逵呢？"

弱者选择报复，强者选择原谅，智者选择忽略。

　　还要适当做一个"闲人"，不要将生命看得太沉重，应该让自己在忙碌的生活中，找到一份宁静。梁实秋曾言："人在有闲的时候，才最像是一个人。"

　　多接近大自然，在热闹的尘世里，四季总不分明。可是在大自然中，空山静谧，日日幽静，山雨初霁，万物为之一新，在这样的环境中，心会不由自主地闲下来。过去事能忘则忘，现在事能了则了，未来事能省则省。在你人生的剧本里面，当好一个演员，在幻化的世界中好好地游戏。

　　如果还能懂得感恩与求缺，感恩现在已经拥有的一切，而不是总想着外面还有更好的；并且把"求缺"二字深入骨髓，不贪求自己一个人把所有的好处都占全（也是不可能的　老天都不容），你就会成为这个世界上最幸福的人。

长寿的秘诀：心平寿自长。

接纳一切，
方能疗愈一切

我最初是以"失眠"入道的，所以对于失眠这件事我有足够的发言权。应对失眠最重要就是：放下对睡眠的执着，接纳失眠的事实，平静地体验失眠带来的觉受。当你的内心不再抗拒的时候，慢慢地反而就睡着了。

三维空间的一切显化都只是相，比如失眠、失恋、负债、被骗……这些相的共同点就是：它会给你带来负面的觉受，这些觉受统一都会化作一股不舒服的感觉。

比如负债，它就是一个典型的相，通过这个相来让你体验"不舒服、焦灼"的感觉。其实这是你命运剧本里本该显化的负面印记，只不过是通过负债这个相来显现，其目的是让你体验，你体验完了，这个负债的相自然就消失了。相反，如果你非常抗拒，那么只会延长你体验的时间，这就是为什么有些人处于负债中一直走不出来，而有些人很快就能走出来的原因。

　　失恋也是一样的，它也只是一个相，主要是为了让你体验失恋其背后带来的不舒服的感觉，你体验完了，本次失恋的这个相就消失了，你曾经自己种下的某个负面印记也就消失了。

　　其它例如失业、被背叛、被穿小鞋……同理，也都只是相，其目的是让你去体验其背后带来的不舒服的感觉。而这一切的发生也都是你命运剧本里本该发生的，接纳一切，方能疗愈一切。

　　　　不要陷入"头脑"，时时观自在，平和时就是最佳利益。

什么是真正爱自己？

之前我有机缘和一位老先生聊天，当时老先生问在座的几个人："你们想把自己修成什么样？"我不知道大家是在搞笑还是怎么样，回答五花八门，有人说"我要修成张三丰"；有人说"我要儒释道三家通修"；还有人说"我要成为弘一法师那样的人"……

这位老先生对这些回答没有去评价，只是说了他自己的一个观点，"你修行不就是为了让自己享受当下每分每秒的快乐吗？哪有那么复杂，大道至简。"这句话感觉就是给我们几个人上了一课，就好像我们这些人是走入了一个误区，把这个"修行"想得很复杂，要做很多的事情。

然后当时身边又有人问老先生："怎么样才能快乐？"你们猜老先

生回答什么? 老先生说: "快乐就取决于你自己的一个念头, 你的念头是快乐的, 你看到的一切都是快乐的, 哪怕你看到一坨屎, 都是快乐的; 你的念头是负面的, 你看到的一切都是负面的。"

原来快乐与不快乐就取决于自己的一念, 就看自己能不能转念调频过来。天堂与地狱其实也就在于自己的一念, 一念天堂, 一念地狱。所以如果你是个很不快乐的人, 实则是你自己的念头不快乐, 是你自己不让自己快乐。

通过这个老先生给我的启发, 继续引入一个更深的话题: "什么是真正的爱自己?" 引用《次第花开》中的一句话: "让自己快乐, 并且拥有快乐的因; 让自己没有痛苦, 并且远离痛苦的因。" 内心的恶, 就是痛苦的因; 内心的善, 就是快乐的因。

我们要想拥有更多快乐的因, 就要尽量地使他人快乐, 帮助他人消除痛苦, 尽量地去帮助别人。要把这种行为当成自己的习惯, 不管到哪里, 都要想着怎么去利益到这个地方的人; 不管跟任何人接触, 都要想着怎么去帮他、怎么去利益他。如果你真正能把这种思维模式调整为自己的本能思维, 那么不管你到哪里去, 都会受欢迎, 谁都会喜欢你; 不管你要做什么事情, 都会很容易成功。

由爱故生忧, 由爱故生怖, 若离于爱者, 无忧亦无怖。

在生活中很好执行，比如之前我出门散步的时候捡了一只三四个月大的猫，当时天太冷，我就直接把它带回家了，然后又送到了一个爱猫人士的家里，从此那只猫过上了吃香喝辣的生活。现在回想起那只猫过得很好，我心里都觉得很开心。尽己所能多关爱那些可怜的动物，就是给自己种下了极其正面的种子。但行好事，莫问前程。

而远离痛苦的因，就是不要作恶。不作恶分三个层面：

第一个，是你不要去做行为上的坏事。

第二个，是你的念头也不能做坏事。阳明先生说过：一念发动处便是行。比如你想去偷东西，即使你没有偷成，但这也已经是给自己种下了一个"偷"的种子了，因为你的偷心已经升起来了。

第三个，是清净自己的心。毕竟阳明先生也说过：动气便是恶。

只需把你的心稍作调整，当你舍弃了伤害他人的念头时，你遭遇到的敌意将会变少；当你调伏了自己的心且非常宽宏大量时，许多人将会追随你；当你弃绝了嫉妒与傲慢时，你所遭遇的诋毁将会变少；当你放弃了更多无效社交时，你的过失将会变得少些。

你在错过一次次
自我疗愈清理的机会

有一天你安静的坐在办公室里，然后有一个同事突然说了一句话，你听完之后，整个人就炸毛了。我问问你，是那个同事让你炸毛的，还是你借着那个同事的那句话，显现了你自己曾经的负面印记？也许你会说："就是那个同事让我炸毛的，因为在他没有开口之前，我整个人都还是好好的，所以就是那个人让我不开心的。"

OK，按照你这个逻辑，如果说始作俑者真的是那个同事的话，那他说的那句话，整个办公室里还有很多人都听到了，为什么其他人没有反应，偏偏你炸毛了呢？

此时此刻，真相其实已经出来了，是那个同事给了你提示，让你看到了你自己曾经的某个负面印记。怎么理解？可以继续深入解释，就是

人这辈子最大的福报，就是有机缘能够帮助别人。

在那个当下，你本该有一些负面印记显化了，而那个同事只不过是配合你，把你自身本该显化的那些负面印记给表演出来，仅此而已。以此类推，外境显现的那些让你看不顺眼的人、事、物，他们的性质都和刚才那个同事是一样的，主次要颠倒过来。

外境的显现其实就如同一面镜子，照亮了我们内在各种各样的印记。内在庄严，外在庄严；内在清静，外在清静。我们看到的其实都是自己心里有的，君子求诸己，小人求诸人。如果说我们脸上没有污渍，那么在镜子中也是照不出来的，而镜子中照射出来的那些负面印记，实则是在提示帮助我们清理疗愈自己。

只要你看到外在有一个鬼，那就说明与之相对应你内在还有一个鬼，只要你内在还有一个鬼，那就是还有提升的空间。只有你自己内在所有的纠结和烦恼全部都化解了，这个时候投射出来的世界才会圆满，同时你会拥有真正的安全感和强大的内心，无需外求。

我们已经错过了一次又一次自我清理疗愈的机会了，一次又一次地重蹈覆辙，接下来别再错过了。保持觉知，不要被六根（眼、耳、鼻、舌、身、意）所转，保持自己的内心平静。

有情来下种，因地果还生，无情亦无种，无性亦无生。

允许他人，
如其所是

有一句话是这样说的："如果你在生活中有任何时候，感受到了负面情绪，一定是因为你自己的思维方式出现了问题。"一开始我觉得这句话太绝对了，但随着时间推移，我表示高度认可。而且，当一个人能够对自己的思维方式开始保持觉知，并且愿意试着去突破自己过往惯性的消极思维模式，主动去做提升，这才是真正意义上精进的开始。

所以勇敢面对这个真相吧，只要你现在还感受到痛苦，就说明你自己的思维方式出现了问题，要改变的只能是你自己，不是别人。

比如很多女生在婚姻里受苦，最多的情况就是，你希望另一半是一个勤快的人，家务他也来承担一些，可是他偏偏就是个天性懒惰的人。在家大多数时间他都是在床上躺着玩手机，于是你就生气，然后字里行间抱怨他，结果他还是没有任何改变，于是你就很痛苦。再比如，你希望另一半是一个超级奶爸，希望他多关心孩子，把心思多放在孩子身上，可是他偏偏就达不到你的要求，于是，你每看他一眼都觉得不

花寂花显执犹在，此岸脱落即彼岸。

爽……

你有没有发现，这些痛苦从本质上看，都来源于：你对另一半有要求。而他达不到你的要求，你就痛苦，这又揭示了一条真理：有求才会有苦。

而你们已经相处这么久了，你也该看透了，他就是那个死样子，一直以来你也没有改变他，而你自己还那么痛苦。那么现在干脆换一种思维模式，换一种活法，不要再去要求他做到这样，做到那样了，不然这样发展下去只会是他苦，你更苦，各种恶性循环，无限上演。

而是允许他本来的样子！不再对他有所求，自己想要的自己去做，自己满足自己，试试看，你会不会轻松很多……我可以做一个提前剧透：当你能放下对他人的执着，不再有所要求，事态反而会朝着更好的方向发展。

执着至爱会带来悲伤，执着至爱会带来恐惧。完全解脱贪爱的人，内心没有悲伤和恐惧。

因果会审判所有人。

允 许

允许他人，如其所是；

允许妈妈，如其所是；

允许爸爸，如其所是；

允许老公，如其所是；

允许老婆，如其所是；

允许婆婆，如其所是；

允许公公，如其所是；

允许同事，如其所是；

允许领导，如其所是；

允许老师，如其所是；

......

允许一切，如其所是；

一旦允许，当即解脱。

——小烩

最强颠覆思维：换一种活法，活出全新的自己

人最大的恐惧来源是对未来的担心，要想彻底打破这种担心，只能以毒攻毒。真相是：你不必担心任何事情，因为一切都是超出你的控制之外，而且每个人最终的结局都是一样的，就是死亡。

那既然一切都超出你的控制之外，就说明担心毫无意义，那就意味着从当下开始你要颠覆过去的思维模式：从以前的看山是山，过渡到看山不是山，再过渡到看山又是山。

这种新的思维模式揭秘给你：从出生开始，你来到这个世界，记住，你只是来体验的。而且从根本上来看，你什么都无法真正拥有，什么

都留不住，你也不需要证明什么，更没有什么事是一定要实现的，你能做的，就是不断地尝试、感受、收获、放下……不断地去体验。

过去你承受了很多痛苦，是因为你不知道你来到世界上只是一场体验，于是你掉入了"相"中走不出来。比如你对某件事情特别执着，然后就开始在自己的大脑中编造故事，进而与故事纠缠，紧接着被故事捕捉，最后陷入痛苦无法自拔。而这些念头拼凑起来的故事，本身却没有任何实质。

现在你已经了解了人生只是一场体验，那么来什么你体验什么不就好了吗？比如失恋来了，只是去体验失恋；比如负债来了，只是去体验负债……去体验各种已知未知的一切，看看它能把你怎么样？

那有些人说，痛苦来了怎么办呢？答案是：去体验痛苦，痛就痛，痛完就好了，都会过去的。再高级一点的方法：痛是痛，你是你，它痛它的，跟你毫无关系，你该干嘛干嘛就好了。

分享一个我自己的案例：有一次心痛的感觉来找我，好像是在我的心上开了一枪，我感觉自己心痛得要裂开了。那会儿我就告诉我自己，去体验这个疼痛，它痛它的就好，我自己该做什么就做什么，或者我不想做什么，就躺下休息。然后它痛它的，我自己继续在电脑上写稿子，没有

种子+阳光雨露＝显化

耽误我任何。然后不知不觉，这个疼痛的感觉自动就消失了……

人生只是一场体验，我们的心里除了自我编造的故事以外别无它物。这些我们自编自导的人生戏剧创造并维系着我们的身份认定：我是谁、我做了什么、我能做到什么、我做不到什么……在没有觉知的情况下，这些如走马灯般永无止境的念头会主导并局限我们的生命。

原来所谓的痛苦，只不过是自己的头脑自导自演的游戏罢了。明白之后，我们只要去体验就好了，来什么就体验什么。从此我们将不再害怕失去，那些从来没有真正拥有过的东西。

终极治愈：像礼物一样出现在别人的生命里

什么样的人是觉悟的人? 一句话回答: "一个快乐无忧的人就可以被称之为觉悟的人。"有人会反对说: "很多人都快乐无忧, 难道他们都觉悟了吗? "这里注意下, 我所指的"快乐无忧", 是一直保持快乐无忧的状态, 而不是凡夫的情绪无常。

那怎么样才能一直保持快乐无忧的状态呢? 经典上是这样说的: "所有的痛苦, 都来源于你只希望自己得到快乐; 而所有的快乐, 都来源于你希望别人得到快乐。"现在的人几乎都颠倒了, 我举个例子:

一个团队在招聘, 有一个面试者各方面条件都特别好, 团队的人就想着在这个人入职后, 怎么样去发挥他最大的优势来助力团队。当所有人都在思考这个问题的时候, 这个团队老大语出惊人, 他说: "你们有没有

智者的品质: 拥有因果的正见和了达空性的智慧。

想过，我们怎么样才能最大化地利益到这个新员工呢？"然后所有员工都哑口无言。

这个案例有没有启发？现在人几乎都是这样的，遇到一个人、认识一个人，首先想着能从对方身上得到些什么，或者对方能助力到自己些什么。这就是"万恶之源，痛苦之源"，你会有"求不得苦"，而真相是颠倒过来。之后不管遇到谁、认识谁，我们首先想的，不再是"我能从对方身上得到些什么"，而是"我能利益到对方些什么"，这才是每个人真正的快乐源泉。

从小到大我一直都没什么安全感，个性签名都是：Nobody's Home。但是这几年下来，我找到了安全感真正的来源，我把它总结成了一句话：

随着时光流逝，等过几年，回过头往前看，你会惊讶地发现，这些年下来，让自己真正有安全感的竟然是，自己曾经行过的善。

去吧！像礼物一样出现在别人的生命里。

与人交往的目的：

利益他人，

而不是利益自己。

人心很敏感，

你是不是真心利益他人，

别人都能感觉到的。

家人闲坐，灯火可亲

活在缘分中，
而非关系里。

孩子茁壮成长的最佳方法？

你告诉他们做什么，

一点也不重要。

他们会观察你，模仿你，

你做什么，他们就跟着做。

因此你面对了最艰难的课题：

你必须以身作则，

行事合乎道德。

躺赚福报的秘密

有一种很好的积累福报方式，就是给别人推荐救人慧命的好书（本书便是 ^.^），只要有一个人在你的推荐下，看了这些书并践行了，那么这个人所产生的福德都会回流给你，因为缘起在你。于你而言，这就是躺赚福报。

春节期间，有好多朋友都来问我怎么孝顺父母，我给出了一个全新的回答："你好好行善积德，就是让你的父母躺赚福报，有福报了，他们自然能安度晚年。"那又有朋友问了："我好好行善积德和我父母躺赚福报有什么关系？"

这其实和开篇提到的推荐善书的原理是一样的。你是从哪里来的？是你父母把你生出来的，如果没有你父母，哪来的你？所以啊，你的缘起在你父母，那么你行善积德所产生的福报，自然就会在冥冥之中回流给你父母，于你父母而言，他们就是在躺赚你行善积德而来的福报。

提高素食在三餐中的比例。

　　因为你的善行让父母躺赚福报，你尽了大孝，那么百善孝为先，你又创造了更大的福报，这是一个极其良性的循环。再升一级，如果哪天你开启了心性光明，成为了修行的大成就者，那你的父母会因为你的成就而被回流不可思议的功德利益。这是很多人都没意识到的大智慧。

　　尽孝，就是让你的父母躺赚福报，同时因为你让父母躺赚福报，你又给自己创造了更大的福报。

菩提心为因，大悲心为根，方便为究竟。

你早在不孝的边缘，还不自知

财=德=孝，万恶淫为首，百善孝为先，父母恩难报，所以不孝顺父母谈何福报？

那什么是真正的孝顺？也许有人会说这个问题需要讨论吗？但是我说，这个问题真的需要讨论。现实生活中，太多人就是表面上在行孝，但实际上已经是在不孝的边缘了，比如我自己就是一个典型的负面案例。有多少人以为给父母钱就是孝顺，真的是这样吗？这种观点，其实离真正的孝顺还差得很远。

那怎么孝顺呢？

王阳明先生给了我很大的灵感。

你施予别人的越多，你得到的就越多。

阳明先生在龙场悟道之后，就开始宣讲他的"心学"，全国各地都会有他的学生来听他讲课。他的弟子徐爱，有一天结识了一个朋友叫傅凤，这个傅凤的终身志向就是孝顺父母，但是他的能力没办法实现他孝顺父母的志向，因为目前他经济条件很差。徐爱把这个傅凤介绍给了王阳明，阳明先生就跟傅凤讲了自己的"心学"，傅凤表示非常认可，就开始回家学习。可钻研了一段时间，他觉得不行，因为离他孝顺父母的远大志向还差得很远，所以他就放弃。然后开始没日没夜地准备考进士，因为他觉得只要考中进士，就可以让父母过上好的生活。但是因为家里条件不好，吃不饱穿不暖睡不好，而且每天他在那边学习，父母还要照顾他，结果全家人的身体反而都搞得病恹恹的。

有一天傅凤见到了王阳明，阳明先生就问他说："傅凤啊，你把你自己的身体搞得病恹恹的，没日没夜地备考，你的父母还要照顾你，你觉得这是孝顺吗？"傅凤有点不服，反问说："难道我不考进士，不没日没夜地准备考试，这就是孝顺了吗？"阳明先生又说："你把自己搞得病恹恹的，你的父母整天操心你，照顾你，你这又是孝顺了吗？"这个时候，傅凤有点悟了，不讲话了。然后阳明先生又补了一句："你状态这么差，能考中进士吗？"傅凤说不能，阳明先生又紧跟一句话："你表面上在行孝，但实际上你已经在不孝的边缘了。宇宙中最真的孝就是不让父母担心，你知道了这个真相之后，会知道该怎么做的。"然后，傅凤恍然大悟。

不要操心你的人生，操心好当下的良知。

　　王阳明先生认为的孝顺，就是一门"不让父母担心的学问"。不让父母担心才是真正的孝。你给了父母一大笔钱，但是他们整天还是心不安，你这就是孝了吗？这个故事对我的影响实在太大了。

　　什么是真正的孝顺？最后总结五个字：让父母心安。

父母焦虑？
你只是助缘

一位朋友学习圣贤文化之后，他觉得老祖宗的智慧太博大精深了，于是他想让他的父母、亲朋好友都跟他一起学。但是他的父母亲朋压根不睬他，也不理解他。这位朋友就感觉很困惑，甚至很烦躁：自己明明把这么好的方法告诉他们了，他们学了之后也可以不焦虑不恐惧了，为什么不学呢？

其实这个问题很典型，是不是很多人都想改变自己的父母亲，让他们不要再那么焦虑恐惧，不要再整天担心那么多事情了，是这样吗？

也有很多人说不想让自己的父亲再喝酒抽烟了，也不想让自己的母亲再打麻将了，但是你会发现你说了没用，他们该干嘛还是干嘛。

以第一位朋友为例，这位朋友无非是想让他的父母亲，通过学习老祖宗的智慧，改变自己，不要再那么焦虑，但是他父母亲不领情、不

让自己真正有安全感的竟然是：自己曾经行过的善。

接受。为什么会出现这样的结果呢？

每一个人都有自己的命运轨迹，要改变别人很难，即使你的发心非常好，你很孝顺，但是你依然改变不了他们。我反问一下，你从小到大应该也接触过很多孔孟老庄的智慧呀，那个时候你怎么不深入学习，不去践行呢？直到今天看了我的视频才开始钻研？

因为曾经的那个你，缘分没有到，而现在的你开始深入学习，是你的缘分到了，而我对你来说是你的一个助缘。那么同理，你父母亲为什么现在不学呢？一样的，他们的缘分还没有到。

那父母亲的缘分什么时候会到呢？我给你指一条路，你只管修好你自己，不需要去操心你的父母、家人、朋友。你只管把你自己修好了，当你把自己修得有了质的改变之后，你的父母亲会相信你，会靠近你，甚至会主动向你询问。到那时，你就会成为你父母亲的助缘。

而现在的你，仅仅因为父母亲不跟你学习圣贤文化，就感觉到了焦虑烦躁，这说明什么？说明目前的你，自己还没有修好。

忘失菩提心，修诸善法，是为魔业。

和家人一起，在宁波阿育王寺欢喜绕塔。

最「缺德」的事，就是和父母较劲

一位智者说过："人活在这个世界上，最大的福报就是父母亲还在世。父母亲在世，说明你最大的福田还在，如果说哪天父母亲不在世了，那么你最大的福田也就随之消失了。"

父母本是在世佛，何须千里拜灵山。分享一个故事：有一个和尚快成佛了，但是因为他还活着，所以别人都叫他活菩萨，这个菩萨叫"无济菩萨"，非常出名。有个年轻的小伙子听说了这位无济菩萨，激动得不得了，想着要赶紧拜他为师。于是就跟母亲说要去拜师，求道以后再回来，母亲答应了。小伙子在拜师的路上正好碰到了无济菩萨，但是他并不认识眼前的人就是他要找的菩萨。

无济菩萨问他："你要去哪儿啊？"

小伙子说："我要去拜见无济菩萨。"

无济菩萨听了没有承认自己就是，反而反问了小伙子一句："你找菩萨做什么？你要找菩萨还不如直接去找佛祖。"

　　小伙子反问："真的有佛祖吗？"

　　无济菩萨回答："有啊，佛现在就在你家。"

　　小伙子又激动了："天呢，佛什么时候去我家的？"

　　无济菩萨说："佛不知道你出来了，就去了你家，你们擦肩而过。我告诉你回家哪里找佛，你回家看到有一个人披着一条毯子，鞋子反穿的，就是佛。"

　　小伙子听完心里非常高兴，便赶紧回家。一敲门，发现母亲给自己开门时，衣服都没穿好只是披了条毯子，而且因为着急开门，鞋子都穿倒了。小伙子顿悟，原来父母就是佛。

　　中国圣贤文化三大体系都是以"孝"入道，没有孝，你无法进入真正的道门。但我非常惭愧，因为之前我几乎是一个常年处于"亏孝"频道的人，从小到大还喜欢跟父母亲较劲，伤了父母亲的心。那我这么"缺德"的人，境遇能好吗？实际上，我的境遇一直都不太好，几乎常年处于水逆的状态。"诸事不顺，皆因亏孝"这句话我算是体会得明明白白。

　　《病由心灭》这本书也讲过：为人子女，千万不要跟自己的父母亲去较劲，跟自己的父母亲较劲，就是给自己挖了一个最大的坑。为什么这么讲？因为父母亲是你最大的福田，你放着你最大的福田不去播种就算了，还要跟你最大的福田去较劲，所以你哪会有什么好果子吃？而且

人有四种缘分：报恩、报仇、讨债、还债。

跟父母亲较劲的后果，比你跟其他人较劲的后果要严重得多，因为父母是VIP对境。

从能量守恒定律来看，你曾经跟别人较劲，让别人产生了不舒服的感觉，那么能量守恒，之后就会出现一个人跟你较劲，给你带来同样不舒服的感觉。比如说，你从小到大喜欢跟你的父母亲去较劲，那么有可能以后你结婚了，你的老公就会来跟你较劲，给你带来同样不舒服的感觉。即使你的老公不跟你较劲，那么你的孩子就会跟你较劲，不是你的孩子也会有其他人……

最近几年，我明显感觉到父母亲年纪大了，又想到他们总有一天会离开我的，不可能会陪伴我一辈子，我内心有一种无法言说的感觉，好像一切都放下了。还较劲什么呢？还怨什么呢？

智者如果勤于积功累德，福德自然会渐渐圆满。

星星之火，

可以燎原。

也许有一天，

这个世界的规律，

会因为我们传播的圣贤文化，

而发生变化！

大仇未报，结为夫妻

夫妻间的关系，自古以来，很多诗词都有形容，其中仓央嘉措有一句诗我特别有感受：若无相欠，怎会相见。不禁感慨，确实很多时候，我们身不由己。

当各种因缘具足，有些事情你不想经历，也得经历，这即是缘起则聚；当各种因缘消散，你想留也留不住，这即是缘灭则散。婚姻这件事情也是如此，其实你并没有选择权，唯一有选择权的人，是那些圣者，但奈何我们都是凡夫。所以不要期待姻缘，也不要抗拒姻缘，当业风吹起时，缘分就会出现。

我今天也感慨一句，90%以上夫妻关系的本质实则是八个字：大仇未报，结为夫妻。听起来挺消极，但当你从这个角度去理解婚姻关系，就可以很好地"向内求、不怨人，反求诸己"。外境一切人事物都是自己内心的投射，投影源是自己，所以一切的根源都在自己，要想改变投影，只能改变投影源。老公就是你的投影，他是由你自己这个投影源所投射

一切都是有因果的，没有一件事情是没有因果的。

出来的。一切显现不来源于事物本身，皆来源于我曾经的印记。

所以要想改善夫妻关系，有智慧的做法是忏悔自己与之相对应的印记，与之相对应的印记改变了，投影才会改变。关于忏悔，我推荐"夏威夷疗法"，你可以在脑海中观想另一半的脸庞，然后发自内心地对他忏悔，心里默念："对不起、谢谢你、我爱你、请原谅我。"发自内心地不断重复，重复多久根据自己当下的情况即可，没有特别要求，但时间长一点当然更好些。这个方法也可以运用到其它任何关系中。

婚姻是你一个人的事情，与其他人无关，你自己修好，你的婚姻就会变好。只有你内心当中有快乐的种子，你才能够在任何人事物里感受到快乐。任何人事物其实只是一个助缘、一个条件，能不能感受到快乐，还是取决于你自己有没有快乐的种子。

如果你跟伴侣或朋友之间，一开始是挺快乐的，但是后面越来越痛苦了。这是因为你以前的快乐的种子用完了，又没有继续去种下新的快乐的种子，而种下的都是痛苦的种子，那当然你只能感受到痛苦了。

所以要想保持长久的快乐，就要不断地传递正能量，不断地在一切敬田、恩田、悲田中去种下快乐的种子，这样更多的和谐、快乐才会在未来源源不断地回流给你。

　　　　　　　所有的幸福、快乐都是来自于你以前给出过幸福、快乐。

当空性遇到真爱

从空性思维来看，夫妻间相处很重要的一条就是：受了受了，一受就了。若是受而未了，那么接下来就会没完没了。

如果你的伴侣对你发火，按照惯性思维，你要生气了是不是？

但是现在有了空性思维，你要这样想：我必须要解决伴侣总是对我发火的问题，我不希望总看到一个对我发火的伴侣。如果这次我生气的话，我又重新种下了生气愤怒的种子，那么过不了多久，这颗愤怒的种子显了，我又会看到一个对我发火的伴侣，没完没了。因为我不希望再看到一个对我发火的伴侣（果实），所以我本人必须停止种下新的生气愤怒的种子（播种），当下我就要改变我自己，我自己不要生气！而当我不再生气，就意味着我不再播下新的生气的种子，那么我的生活就会减少与之相对应的果实再显现。而我很久之前生气种下的坏种子，因为这次伴侣对我发火，但我没有动气而完美地消掉了。那么接下来，类

真正的敌人不是人，是贪嗔痴慢疑。若能放下，你必将天下无敌。

似的负面种子，来一个消一个，我的世界就会越来越清净。

可能有人会反对："我应该让他们看到我的愤怒才对。"这样的话，你又重新走回老路了，别人骂你，你就骂回去，这又给自己种下了动气的种子，那么接下来有可能在你某天下班回家的路上，有人莫名其妙地对你发了一通火，或者某天回到家你老公无缘无故对你发一顿脾气……

一切人事物没有不是从因果中来的，受了受了，一受就了。逆事来了，若能不动于气地受过去，自然就了了。若是受不了，心里含有怨气，那这些事表面上虽已过去，但将来必有逆事重来，正是因为曾经受而未了的缘故。

只有你自己停止动气，断掉动气的种子，你的工作、情感、生活才会真的越来越清净。

每个人的命运都是"业"决定。

珍爱生命，远离秀恩爱

亢奋，是极其损福的事情，你只要亢奋了，很快就会出现一件事来平衡你之前的亢奋，你为什么事亢奋，最终就会为什么事悲伤。亢奋对人的伤害是非常大的，我自己就深受其害，所以现在不管遇到什么好事或不好的事，我都会提醒自己：平静，平静。

现在有一种情况很普遍，也可以称之为"爱情激动"，常见的表现方式就是"秀恩爱"，恨不得把自己的幸福给直播下来公诸于众。你可以观察一下很多名人，那些爱情特别风风火火的，最终能好下去的有几个？名利的代价是很大的，活在光环下的人本身就要兑现大量的福报，恋情再被曝光，甚至去秀恩爱，那……

名人没办法，而我们素人是可以避免的。所以我个人非常不建议秀恩爱，也许短暂的秀恩爱会给你带来一些满足感，但是这些满足感都在暗中标好了价格。

还有一种变相亢奋的方式，就是在人前夸耀自己的另一半或者孩子。你别忘了老祖宗的提醒，"夸"字怎么写？大+亏=夸。是的，要吃大亏的。如果总是在人前夸丈夫（这里偏指炫耀），最终他做的事情可能会让你抬不起头；如果总是在人前夸孩子（也是偏指炫耀），孩子接下来的发展可能会脱离你夸赞的方向，自然力讲究平衡。

一个真正聪明的人，是不会表现得很聪明的，但凡有聪明马上要表现出来的，那都是小聪明，而真正的大智是若愚的。当一个人看起来非常聪明，不懂得含蓄，那也不过如此。

一个深藏不露，懂得隐藏的人才能做大事。智者寡其言，慧者养其神。

人生哪有烦恼愁，皆因贪字锁心头。

惊觉！
在婚姻中觉醒

这么多年了，你已经清晰地意识到了：在你一次又一次痛苦的时候，另一半不但没有给予你任何你想要的关怀，反而是一次又一次加重了对你的精神刺激，在你的伤口上撒盐，你的心痛了一次又一次，每痛一次，痛苦不但没有减轻，反而加重了。但因为种种原因，你跟他还要继续关联、牵扯，哪怕分开，你又会觉得不甘心，会遗憾。还有更加可笑的是，即使他已经把你伤害得很深很深了，给你带来了各种痛苦，可是你会发现，即使这样，你还是离不开他。

其实你当下遇到的另一半，并不是偶然，而是你生命中的必然，他也是由你自身福德能量场匹配而来的，不会有任何错漏。

你对他发泄各种不满的情绪，实则是对自己的不满，不满自己的无能、不满自己的没有主见、不满自己的痛苦。你把对方当成了自己的发泄对象，你对他各种发泄，最后筋疲力尽，结果你还是会惊讶地发现，他竟然没有任何改变。这实则是你自己看不清真相，用错了方式。

　　而真相是我们每个人都只能通过改变自己，调整自己的能量场，提升自己的福德，从而影响、转化出现在我们生命中的所有一切人事物。只有认清这一步，才是在婚姻中觉醒的开始。当有一天，你通过自我提升，让自己的内核得到稳固，并且拥有快乐的能力，成为一个内心真正完整的人。那对方于你而言还重要吗?

　　过去另一半的一些行为语言会影响到你，让你焦虑、不安、痛苦。而现在，他无论说什么话刺激你，做什么不靠谱的事，都无法激起你的情绪反应，你依然气定神闲，安住自己的心，自己赋予自己情绪价值，因为你本身就是情绪价值。对方是否改变已经不重要了，因为你的心已经不会再痛了，更加不会因为他而让自己的情绪大喜大悲。

　　反正已经这么苦了，干脆代所有人受同样的苦吧!

跟我一起发愿:
愿所有女性，
因婚姻不幸福带来的痛苦，
让我来取受。
愿将幸福和谐欢乐奉献给，
所有在婚姻中受苦的女性。

你当下的状态，决定了你世界的状态。

父母如何正确地爱孩子？

弘一法师出生于一个天津盐商家庭，家境非常富裕，但是从小他的父亲为了给他正向的指引，在家里面贴了一副大字：

惜衣惜食非惜财，惜福也。

什么意思？珍惜资源不浪费，不是心疼钱，而是珍惜自己的福报。

没错，我们每个人都是带着福报来到这个世界上的，人世间的一切住用享受都是在消耗福报，那这些福报用完了怎么办呢？所以，要省着点用。而现在的家长，美其名曰"爱孩子"，一切都给孩子最好的，孩子要一个玩具，恨不得买十个，衣服鞋子都要名牌，不能输了面子。但其实这不是爱孩子，是愚痴。你把孩子的福报过早地消耗了，他长大了怎么办？一切都是福报的变现，孩子长大没福报了，你让他变现什么呢？所以，正确爱孩子的首要条件，就是珍惜孩子的福报。勤俭节约，未有不兴；骄奢倦怠，未有不败。

有些家长会走另一个极端:"孩子还是得穷养,一切以最低标准。"这又偏激了,没有这个必要,"致中和"就好。因为福报的原理就跟储蓄卡一样,是可以充值的。"行善积德"就是充值福报。所以,家长要从小教孩子培植福报,去做善事,一福压百祸。先学道,后学术,先要培养人格,然后再学习文化知识。

还有一个真相里的秘密,你想让自己的孩子好,很简单,你就要拼命对别人的孩子好。别人家的孩子,就是你最好的"业力伙伴"。尤其是那些可怜的孩子,比如孤儿、留守儿童、生病的孩子、上不起学的孩子……去拼命对他们好,这是一种双赢行为。别人家的孩子被利益到了,同时因为你的精准播种,最终会加倍回流给你自己的孩子!

以下分享育儿四目标:

1.首先,这个孩子能够做到不故意伤害一切生命。

2.要让孩子成为一个快乐且宽容的人,对自己的生命负责任。(培养孩子快乐的能力,这样他以后不管走到哪儿,不管遇到什么,都知道怎样自得其乐。学会宽容,能容纳别人的不好,也能容纳自己的失败,容纳生活的挫折和苦涩,这样他才更容易拥有独当一面的能力。)

3.孩子能够在力所能及的范围内利益他人,对社会、对世界作出正面的利益和奉献。(爱孩子是培养他们的志向,让他们获得一种力量,引导他们获得智慧,让他们在将来能够面临所有的困难。父母亲终究要学会放手,让孩子自己走上人生的道路。)

愿意吃亏者,必是有福人。

4.拥有内在平和的能力。（人与人之间的终极核心竞争力，其实是内在的平和，谁能够把控自己的心，谁未来就会有更强大的力量去面对困难。）

弘一法师家训：

惜衣惜食非惜财，惜福也。

做义工！孩子成才的秘密

现在人之所以焦虑痛苦，根源问题其实是王阳明说的"私欲太多"，这四个字完全可以对应所有的情绪焦虑问题，那怎么办呢？先生回复："去一点私欲。"那怎么去一点私欲呢？答案：为人民服务。

最落地的方法就是迈出去做义工。有很多厉害的人，都在世界各个角落默默地为人民服务。不要小看去做义工的善举，这种美好的善行，常能带来意想不到的回报。就算没有任何回报，也能带给我们心灵上的满足，而这种满足，是再多钱也买不到的幸福感。

我小区有个大姐，她从不过度管教她的两个孩子，大儿子从来不补课，结果经常是重点中学年级前五名。小女儿学习自觉，绘画天赋异禀。大姐是明理的人，常年在外面做义工，寺院、养老院……她还发心给孤儿院的孩子们带去母爱，结果回流到自己身上，是自己的孩子各方面都优秀，不用操心。

还有一个朋友，她儿子上初中，说是抑郁了，怎么样都不肯去上学了，家长头疼得不行，后来经人指点，说带孩子去寺院做义工，能提升孩子的慈心，慢慢会好很多。这个家长就在家附近找了一个寺院，带孩子去做义工，结果义工点的人都非常和善，带着这个孩子做这个做那个，最后这个孩子成了义工点的小能人，还带领新的义工打扫、膳食……没过多久，也自愿回学校好好读书了。

还有朋友在义工点，找到了三观一致的人，最后发展成了结婚对象……如果有时间，要迈出去做义工，实打实地为人民服务，希望你们在各个义工点，开启新（心）的旅程。

我们的命运一直掌握在自己的身语意里，从来不在别人的嘴巴里。世界上所有的惊喜和好运，都是你积累的温柔与善良。人品，是人世间的最高学历。

留财于子孙，子孙未必能守。

留书于子孙，子孙未必能读。

不如积阴德于冥冥之中，

此乃万世传家之宝训也。

小烩精选·百问百答

惟善为宝，
惟谦受福，
惟德动天，
唯吾知足。

春有百花秋有月，
夏有凉风冬有雪。
若无闲事挂心头，
便是人间好时节。

1.问："听说助人为乐会介入别人因果，那怎么办啊？"

答：除非你有预知别人未来的能力，不然你的那些"助人为乐"根本谈不上介入别人因果，你想多了。记得：但行好事，莫问前程。

2.问："感觉很虚，整天气力不足怎么办？"

答：抛开谨遵医嘱，补气的根本方法是大气，气量大者气自足，心若至善体纯阳。

3.问："没结婚是不是没福报？"

答：不能看表面，要看你自己的内心，有福者乐，无福者苦。没结婚你内心是快乐的就是福报，反之，结了婚内心痛苦，这又算什么？

4.问："中西方智者讲的内容是一样的吗？"

答：是的，所有智慧包括东西方文化，都在用不同文字表达同一个意思，那就是善用其心、止于至善、止于无我、止于利他。无我利他时，业力无附着点，业消慧增，人生正旋。

5.问："为什么忏悔了之后会有一些反应啊？"

答：你在打扫房间的过程中，是不是会有一些尘土飞起来？而当你把房间打扫完了之后，这些尘土也就落下来了。我们人的内在清理也是如此。

6.问："为什么古人说女子无才便是德？"

答：女子无才便是德，这个"才"，指的是小聪明，这个"德"，指的是大智慧。这句话的真正含义是，女子不能够只学一些小聪明、斤斤计较、耍心机的本领，用现在的话叫"绿茶"，女子真正要学的是大智慧。因为一个人学了小聪明以后，只会离真道越来越远。若没有智慧的容器，知识越多，越自以为是，越我执，最终越痛苦。

7.问："正义也许会迟到，但永远不会缺席，这句话怎么理解？"

答：如是因，如是果。宇宙规律不以人的意志为转移。但中间会有个时间差，和种地一样。

8.问："不管做什么总是爱担心怎么办？"

答：只要动机至善、行事至善，就无需担忧结果。

9.问："到底什么是正念，怎么正念？"

答：正念的初步养成其实非常简单，就是不论你在做什么，只要清醒地知道你在做这件事情就可以了。

10.问："如何看待一个有心计的人？"

答：如果一个人工于心计，也不乏才能技术，但却没有德行，那这个人往往是危害最大的。

11.问："看言情片或小说真的不好吗？"

答：是的，沉迷于言情剧、言情小说会加速消耗情感这一块的福报，而且会加重情执。

12.问："怎么样才能有安全感？"

答：得到"安全感"的方法，就是你必须要清晰，根本没有一种叫做"安全感"的东西。如果一定要说有的话，那就是每个当下的"致良知"。

13.问："怎么样才能遇到贵人？"

答：成全别人，做别人生命里的贵人，种下贵人的种子，你的贵人才会出现。

14.问："想要孩子总是要不到怎么办？"

答：首先谨遵医嘱，其次有空了去幼儿园门口发人偶娃娃玩具，想要男孩就发男娃娃，想要女孩就发女娃娃，多多益善。

15.问："如何获得巨大的灵性提升？"

答：1%靠别人提醒，99%靠千刀万剐。

16.问："如何面对很暴躁的人？"

答：本是同样人，何来张三客。物生吾心头，不入即无我。

17.问："不是要利他吗？为什么还有古人说'人不为己天诛地灭'？"

答：人不修为自己，天诛地灭。才是这句话的真正含义。

18.问："什么是真正的快乐？"

答：心安。

19.问："情商最高的行为是什么？"

答：对熟悉、亲近的人依然能保持尊重和耐心。经常认可别人，并向别人竖大拇指。

20.问："你觉得人最重要的品质是什么？"

答：专注、慈爱和宁静。

21.问："情绪来了怎么办？"

答：觉知到它来了就好，就像看潮起潮落，看到就好，不要跟随、咬着不放。

22.问："你的养生之道是什么？"

答：养生之诀，不过一静，老子清净，庄子逍遥，唯清净而后逍遥也。

23.问："如何看待痛苦？"

答：不要只看痛苦消极和伤害的一面，要去看它带来的人生转机和使人更加积极、成长的一面。痛苦的价值，是让人坚强和勇敢。其前提条件，是看清它的本质。

24.问："如何放下对一个人的恨？"

答：风吹梁上瓦，瓦落破我头。我不怨此瓦，此瓦不自由。

25.问："如何提高工作效率？"

答：完全专注于当下，以轻松、宁静以及淳朴的态度完成每一件事。

26.问："如何在烦恼中保持自在？"

答：保持觉知，做烦恼的观察者。练习观察烦恼的起落，当我们对烦恼升起的程序和步骤越来越清晰，才比较有机会对治烦恼。

27.问："什么是随缘？"

答：随缘并非什么都不做、一味等待老天安排，而是全心全意的付出，对结果却不太在意。所以，随缘是洞彻万法的智慧，而不是一种消极逃避的心态。

28.问:"你分享过最火的内容是什么?"

答:几年前分享过一篇谢霆锋贵人陈朗的临终遗言,虽不确定真伪,但内容具有很大的参考性。以下分享:

1.我为什么要帮助你们,是因为你们可以帮助更多的人。

2.其实你们这些有钱人,不是一生修来的福,都是多生累世行善积德、孝亲尊师、普济众生,才能有现在这些福(财富地位)。

3.现在很多人走错路,想用些手段、权势或现代知识技术来赚钱,那是因为他们不知道这些都只是缘,真正的还是自己要有因(行善积德,孝亲尊师,普济众生)才行,如果没有因,我也帮不上忙。

4.我现在为什么要来受苦(指到香港做了三次手术受尽痛苦),虽然我是好意,帮助你们改变了缘,让你们早点成功,可以多帮助些人,但这终究是违背了天道,还是要受上天惩罚,天自有他的道理。

5.要成功,除了自己要有种因(福德),还要有好缘。中国人讲的"和气生财"是几千年累积下来的智慧,待人要诚心正意、和颜悦色,才能结"好人缘",以后就是这些人帮你成功的。千万不要财大气粗,心高气傲,这是会损福的,《易经》中的"满招损,谦受益"就是在说这事。

6.做生意要走正路,自己有种因(福德),成功是早晚的问题,福种得厚,缘自然就来得快,急不得。走正路(做生意正正当当、规规矩矩)也是在造福,立一个好的榜样让人学习,这种福也不是几个亿可以计算的。千万不要想走歪路,否则福损得很快,命中本来有万亿的福,走歪路,减损成几十亿,自己还以为成功了,没想到将来还要受造恶的果报,实在得不偿失。

7.现在世道很坏，大家为了求名、求利不择手段，问题还是出在没有圣教（圣贤教育），廉耻没有了，更不要说仁义道德。你们这些人，如果想要世世代代保有富贵，最重要的还是要把圣教（圣贤教育）给提倡起来，人人有廉耻，人祸就少了，人祸少了，天灾自然就减了。

8.你们这些人的影响力大，建些好学校，培养些好老师，把这事（圣贤教育）做起来，中国安定了，世界各地自然就来学习。做这事，是种现在世上最大的福，行最大的善，谁来做谁就得利，世世代代得大富贵。

29.问：“分享三首抚平人心的音乐？”

答：黄慧音《慈经》、杨青《半山听雨》、巫娜《静水流深》。

30.问：“为什么说外面没有别人？”

答：你变，世界就变；你不变，世界就不变。

31.问：“怎么观察一个人是否真的有福？”

答：水深则流缓，人贵则语迟。

32.问：“怎么跟比自己优秀的人相处？”

答：我的经验告诉我，相比学习更多的沟通技巧，展露真诚也许会更好些。

33.问："怎么样才算是成长？"

答：当你过往的观念崩塌重建的时候……

34.问："什么是慈悲？"

答：无论伤害发生在谁身上，你都能感觉到疼，而不是庆幸不是自己。

35.问："如何彻底摆脱对未来的焦虑？"

答：焦虑的背后，是对"确定性"的妄想，是对"控制"无休止的渴望。当你体悟到，并"确信"这些和合的因缘不可能保持"恒常不变"时，就能摆脱焦虑。（无常）

36.问："怎么遇到明师？"

答：你必须要有很大的福德，才能遇到那个唤醒你的明师。

37.问："为什么现在的孩子有那么多问题？"

答：很大一部分原因是福报被过早消耗。惯子如杀子。

38.问："如何放下对孩子的焦虑？"

答：他只是经由你的母体来到这个世界上，而他本身有他自己的人生剧本。

39.问:"怎么样让自己的孩子好?"

答:拼命对别人的孩子好,多关爱那些孤儿、留守儿童、上不起学的孩子……有智慧的人都在这么做。另外,可以将孩子的红包拿去做慈善。

40.问:"怎么看待老人过大寿?"

答:如果是大摆宴席的话,是消耗老人福报的,所以简单一点会更好。给孩子过生日也是同理。

41.问:"为什么说吃亏是福,而现实生活中那些吃亏的人也没见得有福?"

答:如果在吃亏面前是平静、不嗔恨的,那么吃亏必然得福,只不过是滞后给你。反之,则不是。

42.问:"为什么有人总是感召负能量?"

答:正气不足,没有德行。

43.问:"你对现代女性的忠告是什么?"

答:温柔终有益,强暴必招灾。

44.问:"对饮食有什么建议?"

答: 提高素食在三餐中的比例。

45.问:"推荐一种理财的方法?"

答: 将每个月收入的10%用来行善积德。再多一点当然更好, 根据自己心量决定。

46.问:"你认为的吉祥是什么?"

答: 宁静无烦恼和远离愚痴人。

47.问:"为什么要宽恕别人?"

答: 其实宽恕别人, 跟别人关系并不大, 关键是放过你自己。

48.问:"怎么样才能减少生活中的恐惧?"

答: 当有一天你体悟到, 生活中的大多数恐惧其实都只是自己吓自己……凡是真实的, 不受任何威胁。凡是不真实的, 根本就不存在。

49.问:"你欣赏什么样的人?"

答: 情绪稳定、不向别人倒苦水。

50.问："段位高的人什么样？"

答：第一个段位的人，我是对的；第二个段位的人，没有对错；第三个段位的人，您是对的。

51.问："怎么看待情人眼里出西施？"

答：并不是这个人真的有多好，而是你的业力让你觉得这个人有多好。

52.问："为什么说智者不争？"

答：是你的不用争，不是你的，争来还是祸……

53.问："对恋爱中的女生有什么建议？"

答：严格避孕，远离堕胎。

54.问："生活变好的迹象是什么？"

答：当你的内心不再焦灼的时候，往往就是转运的开始。

55.问："如何看待死亡？"

答：时时可死，步步求生。

56.问:"怎么样才能生起真正的道心?"

答:心不死,则道不生。

57.问:"有没有提升幸福感的小技巧?"

答:不管房子多大,都去置办一个书房(书架)。

58.问:"有没有最简单的积福报方式?"

答:有。当别人低谷的时候,给予一句暖心的安慰,让对方感受一些温度。也许因为你的一句话,对方就转念走出来了。

59.问:"水逆的时候,怎么样快速翻转?"

答:当你最苦的时候,也能升起利益他人的发心,这就是翻转之道。

60.问:"人们常说的显化是怎么来的?"

答:种子(自己过去的善恶印记)+阳光雨露(外境一切人事物)=显化(你当下的经历体验)。

61.问:"没钱怎么布施?"

答:第一,随喜他人的善行,为之而欢喜。第二,经常观想自己在施舍财务,帮助别人。第三,身体力行,去寺院做义工,主动干脏活累活。

62.问："推荐一部你最爱的纪录片？"

答：朗达·拜恩《秘密》。

63.问："如何理解波粒二象性？"

答：你未看此花时，此花与汝同归于寂；你来看此花时，则此花颜色一时明白起来，便知此花不在你心外。色即是空，空即是色。

64.问："减肥好难，怎么样才能长久瘦下来？"

答：去修心，减少对食物的欲望。

65.问："很痛苦，怎么样才能快速清理过往的负面印记？"

答：当下受者是。

66.问："怎么样才能更快想开点？"

答：这个层次的问题，很难用这个层次的思考来解决。要学会离相，跳脱眼前的困境，站在更高的维度来看待你眼前经历的事情。

67.问："父母不好，怎么孝顺？"

答：父母怎么对你是父母的事，你怎么对你的父母是你的事。

68.问:"为什么那么多男明星陆续塌房?"

答:其中一个很重要的原因,是因为他们没有学习《寿康宝鉴》。

69.问:"被污蔑了怎么办?"

答:如果事态不严重,那么一谤便罢。只要做自己内心循理的事情,就无需在意任何人的看法,因为良知光明。

70.问:"别人欠钱不还怎么办?"

答:如果用尽一切方法都要不回来,那就彻底放下,心无挂碍。之后,天道会以你意想不到的方式回流给你。

71.问:"为什么说己所不欲勿施于人?"

答:你所有对外的行为,最终都会加倍回到自己身上,无论好坏。

72.问:"有朋友找我倾诉情感问题怎么办?"

答:倾听就好,不劝人离婚(分手),不然最终尴尬的是你,损福的也是你。

73.问:"如何面对别人的缺点?"

答:一个能够接受对方缺点的人,才是没有缺点的人;一个老是挑剔对方缺点的人,自己才是非常有缺陷的人。

74.问:"为什么你倡导少在朋友圈晒幸福?"

答:避免激发朋友圈人性中的恶,可以适当发一些真正利益他人的正知正见。

75.问:"为什么现在善终的人不多?"

答:善终需要很大的福报,而现在多数人福报不够。

76.问:"哪句话曾震撼过你?"

答:当科学家费尽千辛万苦到达彼岸,会发现先贤已在岸上恭候多时。

77.问:"遇到蛮不讲理的人怎么办?"

答:化而欲作,吾将镇之以无名之朴。走为上计。

78.问:"如何获得更多智慧?"

答:把你学到的智慧无私分享出去。

79.问:"别人发的红包要收吗?"

答:只要是如理如法的就可以收,欣然接纳别人的好意也是一种心量的体现。

80.问："如何在复杂的人际关系中避免伤害？"

答：只要你不起情绪，就不会受到伤害。你若不动，谁能动你。

81.问："有哪些话曾经疗愈过你？"

答：海灵格《我允许》。

我允许任何事情的发生。

我允许，事情是如此的开始，

如此的发展，如此的结局。

因为我知道，所有的事情，

都是因缘和合而来，

一切的发生，都是必然。

若我觉得应该是另外一种可能，

伤害的，只是自己。

我唯一能做的，就是允许。

我允许别人如他所是。

我允许，他会有这样的所思所想，

如此的评判我，如此的对待我。

因为我知道，他本来就是这个样子，

在他那里，他是对的。

若我觉得他应该是另外一种样子，

伤害的，只是自己。

我唯一能做的，就是允许。

我允许我有了这样的念头。

我允许，每一个念头的出现，

任它存在，任它消失。

因为我知道，

念头本身本无意义，与我无关，

它该来会来，该走会走。

若我觉得不应该出现这样的念头，

伤害的，只是自己。

我唯一能做的，就是允许。

我允许我升起了这样的情绪。

我允许，每一种情绪的发生，

任其发展，任其穿过。

因为我知道，

情绪只是身体上的觉受，

本无好坏。

越是抗拒，越是强烈。

若我觉得不应该出现这样的情绪，

伤害的，只是自己。

我唯一能做的，就是允许。

我允许我就是这个样子。

我允许，我就是这样的表现，

我表现如何，就任我表现如何。

因为我知道，

外在是什么样子，

只是自我的积淀而已。

真正的我，智慧具足。

若我觉得应该是另外一个样子，

伤害的，只是自己。

我唯一能做的，就是允许。

我知道，

我是为了生命在当下的体验而来。

在每一个当下时刻，

我唯一要做的，就是，

全然地允许，

全然地经历，

全然地享受。

看，只是看。

82.问："怎么样能更快地提升自己？"

答: 不要搞双重标准。以恕己之心恕人，以责人之心责己。

83.问："为什么你翻转得那么快？"

答: 首先我并不认为我现在很好（不同阶段的水逆依然存在），但如果你一定要这样认为，我可以告诉你一条，因为我践行得足够猛烈！

84.问："怎么样对别人放下嫉妒心？"

答: 欲无烦恼须无我，各有因缘莫羡人。

85.问："什么是根器好的人？"

答: 对于善知识，老实听话照做。

86.问："如何看待人生中的无常？"

答: 应作如是观。

87.问："担心别人抢我生意怎么办？"

答: 每个人得到的都是自己福报的显现。做生意只不过是一种显现通道，而真相是每个人经由这个通道，各自显现各自的福报。所以，不存在抢生意一说。

88.问：“我帮了别人，结果别人赚钱了，我却没有，这是怎么回事？”

答：你是别人的助缘。而他之所以能赚到钱，还是因为他有"因"，不然你怎么帮他也没有用。而你没有赚到钱，是因为你没有"因"或者你的"因"还没有显现。但你帮助别人的行为，是给自己种下了助人的种子，这颗种子会在未来的某一天得到显化。

89.问：“如何看待发愿？”

答：欲成高不可及之境界，须发势不可挡之愿力。欲修妙不可言之心性，须下常人不及之功夫。

90.问：“如何在情绪中保持无为？”

答：处在悲伤中而不悲伤、处在愤怒中而不愤怒、处在欢喜中而不欢喜、处在危险中而不危险……

91.问：“怎么链接高能量？”

答：升起对祖先的感恩之心，发心报效自己的祖先，就可以得到祖先的"加持"，因为你是行走的祖脉。

92.问:"最近你在修什么?"

答:修"闭嘴"。少说无义语。

93.问:"生活中的有用功是什么?"

答:提高利他的行为在日常生活中的比例。

94.问:"如何反观自己的修为?"

答:观察一下自己身边遇到的人。

95.问:"修行好的人什么样?"

答:很单纯,含德之厚比于赤子。

96.问:"失去了一次千载难逢的赚钱机会,感觉损失很大怎么办?"

答:真相是你不会有任何损失。因为只要是你的福报,没有被变现,那么它就一直还在你的福报"储蓄卡"里,谁都抢不走。比如你有一个赚钱的机会可以赚10万,但是你放弃了,那你会损失10万吗?不会,而且你越是不去赚,它反而会不断增长。所有的福报都是如此,你只要不去享受它,它就在不断地增长;你享受了,它就没有了。所以不用担心你的福报不去变现就会消失或烂掉,你越不用,它越增长。

就好比一颗苹果还没成熟,你就迫不及待把它摘下来了,那这颗苹果很可能又小又酸，而且吃完以后就没有了，因为种子已经兑现成果实了。而如果你不去摘它，等哪天这颗苹果成熟了，照样会掉到你头上，不会掉到别人头上。

在名利的道路上，你大可以松弛一点。如果你有福报，就一定会有果实，等它成熟的那一天，你被迫也得接受，不是你要不要的问题。

97.问："看书没记住是不是就白看了？"

答：看书本是为了放下，又何必执着于一定要记住。你都过了河了，又何必背着个船？

98.问："为什么有些人会对圣贤文化嗤之以鼻？"

答：上士闻道，勤而行之；中士闻道，若存若亡；下士闻道，大笑之。不笑不足以为道。

99.问："学了圣贤文化之后总有人借此道德绑架我怎么办？"

答：我反对一切道德绑架行为，所有的善行都必然要在自己的心量范围内，超出自己心量范围内的事，一律没必要去做。

100.问："谁会是未来时空点的赢家？"

答：积德者赢，积德者胜。

你正在经历的苦，

都是事上磨练的契机，

最终成就你一颗强大的心。

在你追求幸福自由的路上，
有机会为你做点什么，
我很高兴。

我要为此而努力，
尽管我还在学习中，
有时会显得笨拙和力不从心。

圣贤文化是完美的，
但我不是。

如果我犯了错，
不要归咎于圣贤文化，
请呵责我。

如果有一天你对我失望了，
你应该远离我，
而不是圣贤文化。